KB062332

바인더북

바인더북 31

2018년 5월 2일 초판 1쇄 인쇄
2018년 5월 8일 초판 1쇄 발행

지은이 산초
발행인 이종주

기획 팀 이기헌 왕소현 박경무 이승제
책임 편집 이정규

발행처 (주)로크미디어
출판등록 2003년 3월 24일
주소 서울시 마포구 성암로 330 DMC첨단산업센터 3층 314호
Tel (02)3273-5135 Fax (02)3273-5134
홈페이지 rokmedia.com E-mail rokmedia@empas.com

© 산초, 2013

값 8,000원

ISBN 979-11-294-6593-1 (31권)
ISBN 978-89-257-3232-9 04810 (세트)

BINDER BOOK
바인더북

31

| 산초 퓨전 장편소설 |

contents

BINDER BOOK

지옥을 보여 주지

여명도 시작되지 않은 첫새벽의 청계산.

"훅! 후아─!"

담용이 짙은 어둠을 헤치며 향하는 곳은 해발 595미터에 위치한 석기봉이었다.

산 정상으로 오를수록 눈의 깊이가 더해져 아이젠과 스패치가 아니었으면 미끄러지거나 바짓가랑이가 푹 젖었을 터였다.

정상은 해발 615미터인 망경대였지만 거긴 군부대가 자리 잡고 있는 탓에 두 번째 높은 곳인 석기봉을 택한 것이다.

마침내 암석군에 올라섰다.

'정상인가?'

쉼 없이 빠른 속도로 단숨에 오르다 보니 몸에서 배출된 열기가 김이 되어 피어올랐다.

정상에 올라서자 담용을 가장 먼저 맞은 건 바람이었다.

휘이잉. 휘잉-!

옹골차게 불어오는 바람에 차가운 냉기가 서려 있었다.

'경치 좋네.'

엊그제 내린 눈으로 인해 시야에 들어오는 산봉우리마다 새하얗다.

"후우웁!"

심호흡 한 번에 11월 중순의 차가운 공기가 폐부 깊숙이 차고 들어와 심신을 상쾌하게 만들었다.

"후우웁. 후우-!"

가슴의 기복을 몇 번의 심호흡으로 가라앉힌 담용의 시선에 저 멀리 눈 덮인 청계산 줄기에 이어진 광교산 정경이 어슴푸레 들어왔다.

그 길목에 인간이 만들어 낸 광채와 빛줄기 들이 좌우로 이어져 밤의 마지막을 장식하느라 더 빛을 발하고 있는 광경이다.

'좋구나.'

처음 올라본 석기봉이었지만 마음에 쏙 들었다.

인적 하나 없어 오롯이 담용만의 공간이 된 것 또한 그랬다.

차가운 공기가 싱그럽기까지 해서 열기로 풀어진 심신이 바짝 조여지는 기분도 마음에 들었다.

경치를 조망하고 있자니 문득 심중으로 진한 감회가 밀려왔다.

'벌써 1년인가?'

그랬다.

담용이 회귀한 지도 어느덧 1년이란 시간이 흘렀다.

초능력을 인지한 시점도 거의 비슷했다.

그로 인해 회귀한 이후, 많은 것이 뒤바뀐 담용의 삶이었다.

또한 다방면으로 적지 않은 변화도 있었다.

조물주의 선물.

담용은 그렇게 여기고 있었다.

맨바닥에 헤딩하는 심정으로 단 한 번도 접하거나 가 보지 못했던 길을 뚫어 보고자 애썼다.

그런 부단한 노력 덕분이었던지 1차 각성을 거쳐 2차 각성까지 하기에 이르렀다.

2차 각성은 목숨이 경각에 이르렀던 혼몽 중에 이루어졌다.

당시 꿈속 선인의 조력이 있었음도 알았지만 이후, 임무를 수행하면 할수록 어딘가 모르게 미진한 감이 없지 않았던 담용이었다.

그것이 3차 각성을 향한 배고픔임을 최근에야 알았다.

그 저변에는 옹골찬 마음가짐이 있었다.

-내 운명의 관장자는 다른 누구도 아닌 바로 나 자신이란 것.

그런 마음을 먹던 차에 이를 알았던지 이후, 지난 3일 동안 선인의 예시는 계속됐다.

형체는 여전히 불분명했지만 분명 2차 각성 때에 조우했던 것과 시종 같은 분위기였다.

꿈이라고 치부해 버리기에는 너무도 생생하고 또렷한 기억.

예시는 미소였다.

그 때문에 깊은 숙면을 할 수 없었다.

하지만 전혀 피곤하지 않았다.

담용은 그 원인이 선인의 미소가 너무도 편안했던 덕으로 돌렸다.

세상에 다시없을 천진난만한 미소가 거기에 있었던 것이다.

선인은 미소만 지을 뿐, 아무런 시늉도 없었다.

내게 무엇을 원하는 것일까?

2차 각성의 경우처럼 3차 각성의 때가 됐다는 암시일까?

당최 모를 일이었다.

답을 알려 주는 이가 없어 갑갑했던 담용은 곧바로 행동에 들어갔다.

먼저 장소를 정한 뒤, 간단한 짐을 챙겼다.

급기야 잠에서 깨자마자 달려온 터였고, 이른 새벽에 청계산 석기봉에 오른 이유였다.

3차 각성.

욕심만으로 해낼 일이 아니었다.

원한다고 해서 가능한 일이 아님도 안다.

하지만 담용으로서는 언젠가는 닿아야 할 책무였다.

"3차 각성에 이르는 것이야 어렵겠지만 그 가능성만큼은 기필코 볼 수 있어야 해."

시린 바람에 하얀 입김을 보태는 담용의 입술에 굳은 의지가 맺혔다.

이미 언급했듯이 초능력도 단계가 있다.

첫 번째가 특화된 능력을 자유자재로 다룰 수 있는 경지인 마스터급이다.

두 번째가 무한의 벽이라 불리는 언리미터이며 세 번째 단계가 절대자라 불리는 앱설루트였다.

'앱설루트……'

그야말로 인간으로서는 엄두도 내지 못하는 경지다.

그런 경지에 다다를 수 있을지 없을지는 담용도 감이 잡히지 않는 모호한 벽이었다.

하지만 지금은 안주하기보다 도전할 때였다.

그래서 나선 참이었고, 주체할 수 없을 정도로 차고 넘치는 차크라의 양이 그 근간이 되어 주고 있었다.

차크라의 양이 차고 넘친다고 해서 전능한 경지에 오르는 게 아님은 진즉부터 알았다.

깨달음 너머에 있는 또 다른 철벽 관문을 깨야 했다.

하나, 차크라의 양이 기반이 되는 것 또한 틀림없는 사실.

'기필코…….'

담용의 의지가 더 굳어졌다.

언제 또 선인의 미소가 나타날지 몰라 마음 또한 급해졌다.

'정신 차리자. 차분하게, 차분하게, 흥분하지 말자.'

마음을 다독였다.

성공 여부는 정신적 깨달음에 있었다.

첫새벽에 자리를 박차고 눈 덮인 청계산을 찾은 것은 빌딩과 아파트의 숲 속에서 3차 각성에 도전하는 것은 무리라고 판단했기 때문이었다.

좁은 성주산 또한 마찬가지.

이는 3차 각성을 이뤘을 때, 생길지도 모를 파급 효과 때문이었다.

닿아 보지 않았으니 그 파급이 어디까지 이를지는 숙제로 남겨 놓은 상황.

조용히 끝날지, 걷잡을 수 없는 사달이 벌어질지는 아무도 몰랐으니 말이다.

김칫국부터 마시는 격이었지만 담용도 무작정 시도하는 것은 아니었다.

선인의 예시가 있어서였다.

하지만 그것만이 능사가 아님을 모르지 않았다.

담용의 상식으로는 선인이 예시하는 경우가 어느 정도 경지에 근접했을 때를 점지하는 것이라 여겼다.

담용은 그 시기를 영매와 소통한 것에서 찾았다.

다름 아닌 주경연 회장의 손녀에게 빙의했던 영매와 소통했었다는 데서 기인한 것이다.

이는 영혼과 정보를 주고받는 능력을 갖췄다는 의미였다.

즉, 영매와 소통이 가능했다는 것은 투시와 투청 그리고 유체 이탈을 행할 수 있음을 뜻했기 때문이었다.

비록 유체 이탈을 경험해 보지는 못했지만 담용의 자신감은 거기서 비롯됐다.

'유체 이탈은 3차 각성 이후에나 시도해 볼 일이다.'

몸은 그대로 있는데 영혼이 육신을 떠나 허공을 부유하는 현상을 두고 유체 이탈이라 한다.

물론 과학적으로 증명되지 않은 가설에 불과하다.

애초에 영혼의 존재조차 제대로 증명되지 않은 입장이니

전제 조건 자체가 과학적으로 풀어내기 매우 지난한 위치에 있는 것.

일반적인 얘기야 그렇지만, 초능력자들 사이에서 몸에서 혼이 빠져나가는 것을 두고 이르는 용어다.

즉, Out of Body다.

정의하면, 꿈에서 자기 모습을 내려다보거나, 평생 단 한 번도 방문한 적이 없는 곳을 가거나 했을 때처럼 영혼이 육체에서 빠져나가 따로 활동하는 것을 두고 하는 말이다.

담용도 경험해 보고 싶었지만 이론도 정립되지 않은 데다 2차 각성으로는 무리라는 생각에 마음으로 접어 두었던 터였다.

'언젠가는 닿겠지.'

꿈속 선인의 예시도 있었으니 노력을 경주한다면 곧 닿을 수 있으리라.

2차 각성 후, 꿈속 선인을 믿는 바가 컸던 터라 예사로 흘리지 않는 담용이었다.

선인이 말로 일러 준 것은 아무것도 없었다.

있다면 온화한 미소가 전부다.

잊으려야 잊을 수가 없는 천진난만한 미소.

언어로나 글로 형용하기 어려운 미소는 떠올리는 것만으로도 담용을 차분하게 만들었다.

털썩.

바위 위에 아무렇게나 걸터앉았다.

급박하게 등반한 탓에 심신이 들떠 있는 상태라 잠시 시간을 가질 필요가 있었다.

때마침 미뤄 뒀던 생각을 되짚을 것도 있었다.

3차 각성을 오매불망 원하는 이유 중 하나가 일본으로의 진출과 관련이 있기 때문이다.

이는 중추원 사무실을 털면서 금고에 있던 국보급 금동불상을 봤던 것이 단초가 됐다.

당시 심사가 무척 어지러웠던 기억을 지금도 잊을 수가 없었다.

국보급 문화재.

생애 처음 실물을 직접 보게 된 건 담용에게는 커다란 충격이었다.

그도 그럴 것이 국보급 문화재를 눈앞에서 보고 만져 본건 기억의 저편에서도 회귀한 이번 생에서도 없었던 일이어서다.

고로 그날 이후, 내내 뇌리를 떠나지 않는 것은 문화재에 관한 생각뿐이었다.

꿈속에서 선인의 예시가 없었다면 문화재 관해 파고들었을 것이다.

김덕기는 일본에 있는 우리 문화재가 대략 3만 4천여 점이라고 했다.

그것도 수탈당한 문화재 숫자였고, 그 외에 음으로 양으로 빠져나간 문화재의 숫자가 더 많을 수 있다고도 말했다.

담용은 그때 분기에 차 내심 중얼거렸던 말을 또렷이 기억하고 있었다.

―내일이라도 당장 일본으로 건너가 깽판을 놓고 싶다.

지금도 그 생각은 변함이 없었다.

문화재는 조상의 얼이다.

한시라도 빨리 조상의 얼을 되가져오는 것은 후손된 자들의 도리인 것이다.

'후우, 이 나라는 대체……'

신경이 굵어도 어느 정도지 그 많은 문화재를 탈취당하고도 돌려 달란 말 한마디 못하고 가만히 있다니.

아, 하긴 했겠지.

그런데 여태껏 돌려받은 것이 하나도 없다?

이게 말이 되는가?

담용이 문화재에 대해 문외한이긴 해도 책이나 여타 경로를 통해 듣고 본 것은 있었다.

세계적으로 문화재 반환 문제는 그럴 만한 이슈가 있을 때면 늘 화두가 됐다.

국제 사회의 기본 도덕률에 그 기반을 두고 있는 문화재

반환 문제는 원래의 자리에 돌려놓아야 한다는 것이 원칙이다.

하지만 강대국의 논리는 그렇지가 않았다.

즉, 문화재 보호 관리라는 명목하에 변명만 일삼고 있었다.

그러니까 뭔 말이냐 하면 당신들이 문화재들의 가치를 모르고 방치해 놓았던 것을 우리가 박물관에 보관해 놓지 않았다면 유물들의 존재 유무를 장담할 수 없었을 것이라 말하고 있는 것이다.

더해서 강대국들은 문화재 복원 기술이 탁월하다는 점까지 들어 자신들이 보관하는 것이 정당함을 주장하고 있는 상황이었다.

침략에 의한 식민지 지배하에서 강제로 수탈하고, 또 전시 약탈까지 해 놓고 해 대는 변병치고는 참으로 옹색하기 짝이 없다.

그런 논리라면 당시야 문화재에 대한 관심이 적은 데다 복원 기술을 갖추지 못해 강대국들이 보관했다손 치더라도 작금에 와서 강대국 못지않은 관심과 복원 기술을 갖췄다면 돌려줘야 마땅하지 않은가?

그런데 돌려준 나라가 있던가?

담용이 알기로는 단 한 군데도 없다.

고로 변명거리도 안 되는 개차반 논리라는 얘기다.

그래서 이런 말이 나온 건가?

-역사는 책으로 기록되기보다는 약탈물로 기록된다.

문화재 약탈이 얼마나 심했으면 그런 말이 나왔을까.
'흥, 눈 가리고 아웅 하는 거야 강대국들의 전매특허지.'
일본도 다름없다.
자신들이 아니었으면 조선인들의 문화재는 보호되지 못했을 것이라고 주장했다.
조선인들의 문화재에 대한 무관심이 그랬고, 또 일본으로 가져오지 않았으면 6.25 동란 때 모두 소실되거나 파괴됐을 것이라고.
그래, 네놈들 말대로라면 참 좋은 일을 했다며 손뼉을 쳐주마.
근데 왜 안 돌려주는데?
결국 뚱딴지같은 소리만 나불댄 격이지 않은가?
그럼 질문을 바꿔서 물어보자.
대한민국의 문화재에 왜 일본이 간섭하고 나선 것이며, 나아가 6.25 동란이 일어날지 미리 알고서 약탈해 갔단 말인가?
헛소리도 이 정도면 우주 챔피언급이다.
일본은 메이지유신을 기점으로 세계에 목소리를 내기 시

작했다.

이는 조그만 권력을 손에 쥐었다는 뜻이다.

사람이나 국가나 알량한 권력일지언정 손에 쥐게 되면 대부분 권위적으로 변해 휘둘러 보고 싶어진다.

그 권위가 종국에는 남을 해코지하고 또 남의 나라를 침략하는 단초가 된다.

대한민국의 경우, 그 결과가 한일합방이고 일제강점기 시절이다.

뭐, 담용도 피해 당사자인 조상을 뒀으니 덩달아 분노하는 것이야 당연하다지만 마냥 그런 것만은 아니다.

오히려 조상들의 못난 민낯에 후손으로서 부끄럽다는 생각이 들었다.

'힘이 없는 것도 죄고 가난한 것도 죄다.'

혹자들은 힘이 없는 것과 가난이 무슨 죄냐고 하지만 상황에 따라 엄청 큰 죄일 수도 있다.

그것이 국가 간의 일이라면!

바로 임진왜란과 병자호란 그리고 일제강점기 같은 일을 당해 민족정기가 무너지는 참혹한 현실과 마주하게 된다.

'힘이 없으면 돈이라도 많든가.'

부흡도 권력과 밀착 관계이니 마찬가지 논리다.

일본은 세계적으로 톱에 속하는 부자 나라다.

돈이 많다 보니 권력도 돈으로 사고 있었다.

태평양전쟁의 당사자인 미국을 등에 업은 것이 그 예다.

패전 국가가 된 이후, 베트남전쟁과 6.25 동란으로 인해 부를 일으켜 세운 것이다.

'일본은 운까지 따라 주는군.'

정말 운이 좋은 케이스라면 일본을 들 수 있을 정도로 말이다.

물론 미국의 동북아시아 정책에 힘입은 원인도 있지만, 그것을 한층 업그레이드시킨 것은 바로 금력이었다.

'정치인들의 영악함도 알아줘야 해.'

돈이 많은 것을 적절히 이용한 것도 있고, 당대의 최강국에 바짝 붙어 혀 안의 사탕이 되어 주는 영악함을 발휘해 지금의 일본이 만들어진 것이라 보면 맞다.

'후우, 그 와중에 우리 민족만 애먼 희생양이 되었으니……'

일본의 침략 근성으로 인해 조선의 많은 사람들이 고국에서, 저 먼 이역만리에서, 차가운 동토에서 수없이 죽어 나갔다.

또한 그보다 더 많은 이들이 상처를 입고 회한과 고통으로 한세월을 보내야만 했다.

그에 반해 조선은 일본에 단 한 번도 손해를 끼친 적이 없었다.

오히려 문물을 전해 주는 은혜를 베푼 나라다.

'배은망덕한 놈들……'

그렇게 속으로 뇌까리지만 말로서야 무슨 이득이 있겠는가?

때로는 진실이 불편할 때가 있지만 그것을 밝힘으로써 가장 안전해진다는 것을 모르지 않을 텐데도 말이다.

'그래, 내가 하자.'

담용은 자신이 신의 배려든, 실수든, 그도 아니면 한민족을 불쌍히 여긴 결과든 상관없이 초능력자가 된 것 자체가 이를 한껏 이용해 한풀이를 하라는 뜻이라 여기기로 했다. 그렇게 해석해도 누가 뭐라고 할 이가 없지 않은가?

'그래, 기왕에 이리된 것, 한풀이나 원 없이 해 보자.'

물론 인명 피해를 최소한으로 하는 것처럼 나름의 원칙이 있었다.

첫 번째 타깃은 일본 정치인들이었다.

한국인들의 가슴과 온몸에 지울 수 없는 상처와 시커먼 멍자국을 내놓고도 안하무인격으로 주둥이를 털어 대며 망언을 일삼는 일본 정치인들.

용서할 수가 없다.

아울러 그런 비참한 현실에 제대로 된 대거리 한번 못하고 안주하려고만 드는 대한민국의 위정자들.

그들은 가혹한 현실에 대한민국의 처지를 인식하고 몸을 사리는 것이 대의라 여길지도 모른다.

그러나 그건 어느 각도로 보더라도 참으로 한심하기 그지없는 모양새다.

그래서 담용이 하고자 하는 것이다.

대한민국이 약소국이라 당할 수밖에 없었다면 '일인군단'이라 할 수 있는 초능력자 일개인의 위력 투사로 보복을 하면 된다.

다만 그 어떤 증거도 남겨서는 안 된다는 전제가 절대적이어야만 한다.

대한민국이 약해서 당했다지만 담용 개인만은 절대 약하지 않았다.

'지옥을 보여 주지.'

목표는 개념 없는 정치인들과 극우 세력들로 정했다.

죄 없는 일본 국민들이야 제외지만 어쩔 수 없는 상황에서는 다소의 피해가 있더라도 상관하지 않을 것이다.

이건 순전히 개인적인 감정의 발로였다.

나아가 대한민국 국민들에게 희망을 보여 주고 싶은 마음도 있었다.

하지만 그 전에 문화재부터 해결할 작정이었다.

일개인이 나라 전체가 당했던 만큼 똑같이 되갚아 줄 수는 없다.

그러나 현재의 능력으로도 실리를 챙기는 일은 가능할 것 같았다.

아울러 당한 것 이상으로 혹독하고도 잔인한 모습을 보여 줄 생각이었다.

하지만 문제가 없는 것은 아니었다.

바로 문화재를 탈취한다고 해도 가져올 방안이 마땅치 않다는 것.

머리를 아무리 굴려 봐도 묘안이 떠오르지 않았다.

한국인이 어딘가 어설픈 면이 있다면 일본은 보안과 조직 등이 좀 더 촘촘한 편이다.

솔직히 이것만은 인정한다.

그래서 인간미가 없다는 평을 듣긴 하지만 문화재를 하늘로든 바다로든 옮기는 일은 지난했다.

'쩝, 혼자서 할 생각은 버려야겠군.'

문화재에 대해 아는 것이 없는 데다 설사 손아귀에 쥐었다고 해도 처치가 곤란함은 자명한 사실.

'김 차장님과 의논해야 하나?'

해외 파트 담당인 1차장 김덕모라면 방법이 있을 것 같았다.

더구나 일본에서 다년간 근무했을 정도로 일본통이기도 하지 않은가?

'그래, 세 분 차장님은 알아야겠지.'

그것도 가까운 시일 내에 행동에 나서려면 오늘이라도 만나야 했다.

담용이 이리 서두르는 데에는 다분한 이유가 있었다.

요 며칠 동안 문화재가 담용의 숨통을 죄어 와 일이 손에 잡히지 않을 정도로 신경이 쓰였던 것이다.

지금 이 순간도 그 생각만 하면 입안이 메마르는 기분이었다.

'지금이 아니면 안 돼!'

자신이 가지고 있는 능력이 언제 사라질지는 담용 본인도 모른다.

그래서 늘 가슴 한쪽에 불안감이 없지 않은 담용이었다.

능력이 사라지기 전에 수백 년 동안 유계를 떠돌며 통곡하고 있을 선조들의 혼을 달래 줘야 했다.

그 생각을 하니 갑자기 코끝이 찡해지면서 아려 왔다.

이어서 울컥하고 감정까지 치받쳐 올라왔다.

담용 자신이야 문화재에 대해 문외한을 너머 일자무식에 가까웠지만, 감정까지 메마른 것은 아니었다.

'이제는 그만 울게 해야 해.'

세상이 어찌 물질적 가치만으로 돌아갈까?

당연히 인간적 가치가 더 중요하다.

인류사의 한 페이지를 증명해 주는 문화적 가치는 인간적 가치에 속한다.

고로 우리 문화재는 곧 우리 민족의 가치이며 혼이기에 그것을 지키고 물려주는 일은 당대에 살고 있는 사람들 몫인 것이다.

'조상들의 얼과 혼을 빼앗기고서야 어찌 낯을 들고 다닌단 말인가? 그래, 하자.'

당장이야 표면에 내놓지 못하겠지만 세월이 흐른 먼 훗날, 내놓는다면 누가 뭐라고 할 것인가?

설사 그때가 되어 일본이 알았다고 해도 정당하지 못했던 수탈의 문화재를 명분 없이 내놓으라고 할 수 있을까?

우리가 훔쳐 갔다고?

흥! 웃기는 소리.

적반하장이다.

"흥! 난 네놈들이 꽁꽁 숨겨 놓은 우리 문화재뿐만 아니라……."

더 이상의 섣부른 얘기는 생략하겠다.

하나 자존망대한 일본인들의 코를 납작하게 해 줄 마음은 추호도 변함이 없었다.

어쨌든 일본으로 향하기 전에 문화재 전문가와의 미팅은 필수였다.

그것도 일본이 수탈해 간 문화재에 대해 해박한 사람과의 만남.

'그런데 일의 순서가 맞는 건지 모르겠군.'

결심한 일을 후회할 만큼 담용이 유약한 성격은 아니지만 일을 행함에는 선후가 있다.

문화재를 찾아오는 건 정말 중요한 일이지만 벌여 놓은 일을 수습하는 것 역시 차질이 있어서는 안 된다.

　　'그래, 나 혼자 다 할 생각을 해서는 안 돼.'

　　국정원에 도움을 요청해야 할 일이었다.

　　그것도 극비로 처리해야 할 일이므로, 극소수 요원들만 알고 있어야 한다.

　　'행여 정치권에서 알아채기라도 한다면……'

　　100퍼센트 '도로아미타불'이 된다.

　　담용은 아직까지 한국 정치계에 일본의 입김이 적지 않게 작용하고 있다고 믿는 사람이었다.

　　'일본, 너희는 아직 대한민국에 대가를 지불하지 않았다.'

　　세상천지에 대가를 지불하지 않는 일도 있던가?

　　1965년의 한일 협정에서의 청구권 3억 달러를 받고 경제 차관 3억 달러를 지원받는 대신 식민 지배의 피해에 대한 모든 배상을 포기하기로 약속했다?

　　뭐, 당시 박정희 정부가 경제개발을 위해 어쩔 수 없이 맺은 굴욕적인 외교 협정을 인정한다고 해도, 문화재에 관련한 일은 아니지 않은가?

　　'흥! 청구권 3억 달러에 차관 3억 달러라고?'

　　당시 환율을 감안한다고 해도 36년에 가까운 침탈, 피탈을 생각하면 이건 애들 사탕값도 안 된다.

　　거기에 일제의 징용이나 징병, 일본군 위안부 피해자들이 당시 관여했던 일본 기업에 피해 보상을 요구하면, 일본은 정부가 나서서 대한민국에게 한일 협정으로 모든 배상이 마무리됐다고 주장하고 있다.

이 때문에 당시의 협정 추진이 성급했다는 비판이 오늘날까지 이어지고 있다.

하지만 이는 어르고 뺨 치는 격인 것이, 일본 기업을 상대로 하는데 왜 일본 정부가 나서서 해결하려 드느� 말이다.

그때가 언젠데 여태껏 지지부진한 건지.

여기서 세월이 더 흐른다고 해결되지 않음은 담용이 더 잘 알고 있었다.

'일본 놈들의 개심을 바라는 건 백년하청이지.'

그렇다면 강제로라도 받아 내는 수밖에 없다.

이는 욕심을 부린다고 해서 되는 일이 아니다. 철저한 준비가 있어야 한다.

그래서 3차 각성을 이루려는 것이고.

대한민국은 여태껏 일본을 향해 쓴소리 한 번 하지 못했다.

이는 어쩌면 탐욕스러운 일본을 자극할까 봐 두려워서인지도 모른다.

국제사회에서의 생존은 꿈이 아닌 현실이니까.

'이번 기회에 대한민국이 그저 언제든 요리할 수 있는 한낱 먹잇감이 아니라는 걸 보여 주지.'

맹세코 단언하건대 한동안은 일본열도가 동짓날 팥죽 끓 듯 시끌벅적하게 만들 것이다.

'일본에 가게 되면 가장 먼저 방문할 곳이 있지.'

그 연유는 2010년에 가서야 비로소 알게 되는 경악한 역 사적 치욕에 관한 것이다.

혜민 스님에 의해 그 사실이 밝혀지자 담용은 당시 얼마나 분노했는지 모른다.

자신에게 힘이 없음을 한탄했고, 대한민국이 제 목소리를 내지 못함에 좌절했었다.

지금도 마찬가지로 대한민국이나 자신이나 힘이 모자라기 는 매한가지.

국가가 답보 상태라면 자신이라도 능력을 배가시켜야 했 다.

그런 연유로 담용이 이번 좌선과 수련에 임하는 마음가짐 이 다른 때와는 많이 달랐던 것이다.

'수련이 끝나는 대로 서둘러 봐야겠어.'

그렇게 결정지은 담용이 자리에서 일어섰다.

이제 격렬히 요동치던 심신이 안정됐으니 애초에 목적했 던 바를 실행해야 할 시간이었다.

이는 일본으로 향하기 전에 기필코 이뤄 내야 할 필요가 있어서였다.

다시 말해서 보다 더 나은 경지의 초능력 수법이 필요하다는 뜻이다.

이를테면 점점 촘촘해져 가는 감시 카메라에 포착되지 않는 수법이라든지, 또는 무협 소설에서의 부운등공같이 훨훨 나는 등 인간이 감히 상상조차 하기 어려운 기상천외한 수법들 말이다.

이론으로만 전해지고 있는 수많은 수법들의 실제화.

그것이 현실이 되면 중요한 선택을 할 수 있다.

무슨 선택이냐고?

누구를 상대하든 힘이 있어야 싸울지 말지를 결정할 수 있으니까.

그것이 강자의 논리이기도 하다.

담용의 대상은 당연히 일본을 겨냥한 것이었다.

'그나저나 장소가……'

올라서면서부터 은근히 주변을 살펴봤지만 석기봉 정상은 온통 암석군으로 뒤덮여 있어 조용히 좌선할 마땅한 장소가 없었다.

'어차피 별 기대도 하지 않았지만……'

부지런한 산악인이라면 새벽부터 산행할 것이니 이곳은 적당한 자리도 아니었다.

'마왕굴을 찾아봐야겠군.'

청계산에 대해 조사를 해 본 바가 있어 석기봉에서 그리 멀지 않은 곳에 마왕굴이 있음을 알았다.

담용은 지도부터 펼쳤다.

독도법이야 군 생활 내내 지겹도록 익혀 왔던 담용이라 위치를 찾는 것은 어렵지 않았다.

'8부 능선쯤이군.'

급경사로 이어진 비탈길을 내려갔다가 다시 올라야 했지만 이 역시 담용에게는 그리 어렵지 않은 코스였다.

투시까지 가능하다 보니 어둠 역시 장애가 되지 못했다.

그렇게 발걸음을 옮기고 30분이 채 되지 않아서 목표 지점에 도착했다.

'마왕굴이……?'

나디를 안력에 집중시켜 동굴 비슷한 것을 찾았지만 좀처럼 발견할 수가 없었다.

뭐, 와 본 적이 없으니 어떻게 생겼는지는 모른다.

'지도가 잘못됐나?'

그럴 리가?

군 작전용 지도는 정확하기로 정평이 나 있어 잘못 표기될 리가 없었다.

더구나 특수작전 용도라 더 세밀했다.

'어? 저건가?'

담용의 눈에 커다란 바위를 가운데에 두고 양쪽으로 시커먼 동혈이 들어왔다.

왼쪽은 컸고 오른쪽은 작았다.

하지만 왼쪽 동혈마저 동굴이라고 말하기에는 옹색한 모양이었다.

'들어갈 수나 있을까?'

의심이 들 정도여서 긴가민가했지만 그나마 주변에 동굴 비슷한 한 것도 없었기에 가까이 다가갔다.

'헐, 몸 하나 비집고 들어가기에도 벅차 보이는군.'

겉으로 보기에는 동굴이 아니라 바위가 만들어 낸 석굴에 더 가까웠다.

수풀이 우거진 여름이라면 찾기가 어려울 정도로 작은 동혈이었다.

어쨌거나 확인이 필요했다.

몸을 바짝 엎드린 담용이 동굴 안을 살폈다.

아예 랜턴은 지니고 오지도 않았고, 등에 비끄러맨 색만이 지참물일 뿐이었다.

색에는 약간의 간식과 물 그리고 작은 깔개가 들어 있었다.

어둠 속에서도 안력에만 의존할 수밖에 없어 차크라의 양을 조금 더해 나디의 성능을 강화한 담용이 동혈 내부로 머리를 들이밀었다.

'오!'

내부를 살피던 담용은 순간 탄성을 내질렀다.

동혈 안이 생각했던 것보다 넓었던 것이다.

'후훗, 이래서 굴이란 표현을 쓴 거군. 깊지는 않은 것 같고…….'

겉으로는 묵직한 바위 같지만 내부는 면이 매끄러워 마치 미끄러진 상태에서 비스듬히 기울어진 모양이었다.

의외로 마음에 딱 들었다.

지체 없이 안으로 들어선 담용이 고르지 못한 바닥을 정리했다.

이어 색을 벗어 깔개를 꺼내 깔고는 지니고 있던 여타의 소지품들을 꺼내 색에 넣었다.

색에 든 것이라야 약간의 물과 간식 그리고 옷이 젖을 것에 대비한 얇은 트레이닝복 한 벌이 전부였다.

산행이란 아무리 간단히 오를 수 있는 산이라고 해도 아무런 준비도 없이 무턱대고 올라서는 곤란하다.

더욱이 겨울 산행이라면 담용의 준비는 모자란 감이 있다 할 것이다.

'괜찮군.'

심호흡으로 심신을 안정시킨 담용이 그 즉시 눈을 반개하며 좌선에 들었다.

오늘의 목표는 3차 각성을 이뤄 내는 것.

'부디 오늘도 길을 인도해 주시길…….'

간절한 마음으로 빌고 또 빌었다.

문득 청아한 음성으로 노래하던 여가수가 읊었던 노래 가

사가 떠올랐다.

－부자가 되게 해 주세요. 엄마, 어찌하면 부자가 될까요?
간절히 원하면 그렇게 될 거야.

담용의 마음은 그보다 몇천 배나 더 간절했다.

3차 각성에 대한 정답은 그 어디에도 없다.

2차 각성 때도 정답이 있거나 방법을 알아서 벽을 깨뜨린
건 아니었다.

그야말로 사경을 헤매다가 얻어걸린 각성이라 할 수 있는,
운이 좋았던 케이스였다.

그렇다고 무턱대고 3차 각성을 시도하는 것은 아니었다.

'육체적 능력과 정신적 능력의 일치.'

담용은 거기에 길이 있다고 굳게 믿었다.

무릇 뭘 하든 기초가 중요한 법.

'시간이 얼마나 걸릴지 모르겠군.'

2차 각성 때는 대략 10시간 전후로 추정됐지만 3차 각성
이 어떨지는 의문이었다.

'아, 휴대폰.'

담용은 방해를 받지 않기 위해 휴대폰에서 배터리를 아예
분리시키려다가 멈칫했다.

'가족들에게는 연락해 줘야겠군.'

사람이라면 누구나 멋진 삶을 원하고, 안빈낙도하기를 원하지만, 무엇보다 소중한 것은 가족이다.

출필고반필면出必告反必面이란 말이 있다.

외출할 때와 귀가했을 때 부모에게 반드시 아뢰는 것은 자식의 도리인 것이다.

더구나 조부모와 고모가 계시지 않은가?

3차 각성이 언제 끝날지 모르는 일이니 성공 여부를 떠나 걱정을 끼치는 일은 없어야 했다.

'정상에 군부대가 있어 신호가 터질지 모르겠군.'

다행히 신호가 갔고 혜린의 음성이 들려왔다.

ㅡ오빠?

"응, 별일 없지?"

ㅡ호홋, 오빠가 집을 비우는 것 외에는 아무 일 없죠.

"일이 바쁠 때는 따로 머물 곳이 있어서 그래."

ㅡ헤헷, 알아요.

"단풍 구경은 잘했고?"

ㅡ그럼요. 특히 할아버지 할머니께서 무척 즐거워하셨어요.

"하핫, 다행이다."

ㅡ할머닌 오빠 선물까지 사 오셨어요.

"선물이라니?"

ㅡ네. 호호홋, 삿갓이에요.

"엉? 웬 삿갓?"

─댓살로 만든 삿갓인데 여름에 쓰고 다니면 시원할 거예요. 호호홋.

"하하핫. 빨리 써 봐야겠네."

문득 삿갓을 쓴 자신의 모습이 연상되어 슬며시 웃음이 배어 나왔다.

─언제 올 거예요?

"아! 하루 이틀 정도 소식을 주지 못할 것 같아서 전화했다."

─에? 또 출장이에요?

"아니."

─그럼⋯⋯?

"개인적으로 할 일이 있어서 그래."

담용은 혹시 하는 마음에 솔직히 말했다.

하지만 동생들은 담용이 초능력자임을 알지 못했다.

동생들이 먹는 것, 바르는 것에 살짝살짝 나디를 주입해 주는 것은 일상이 됐지만 그걸 알 리 없는 동생들이었다.

'조 과장님이 연락할지도 모르니까.'

자신과 연락이 되지 않는다며 조재춘이 집으로 찾아오거나 연락이라도 해 오면 금세 들통이 날 일이기도 했다.

─다른 데서 오빠를 찾으면 그렇게 말해도 돼요?

"인석아, 내가 죄졌냐? 숨길 게 뭐 있다고⋯⋯."

－알았어요. 뭔 일인지는 모르지만 조심하세요. 근데 신호가 자꾸 끊겼다가 이어지네요.

담용도 진즉부터 그런 상태였다.

빨리 끊어야겠다는 생각에 담용이 서둘렀다.

"나도 그런 상태다. 아무튼 정인 씨에게도 좀 알려 줘."

－오빠가 직접 해요.

"통화 상태가 안 좋으니 이번만은 네게 부탁하자."

－알았어요.

"이만 끊으마."

탁.

폴더를 접자마자 배터리를 분리시키고는 다시 좌정했다.

'일단 순서부터.'

차크라 수련에 들어가기 전에 미리 예습을 하는 것은 자칫 위험을 수반할 수 있기에 반드시 거쳐야 하는 필수 과정이었다.

이는 육체적인 단련보다는 정신 계통의 수련이어서다.

육체에 난 생채기는 외상 약으로 치료할 수 있다지만 정신 계통에 흠집이 나면 치유할 시간도 없이 그냥 무너져 버리기 때문이다.

고로 예습은 하면 할수록 안전을 더하기에 생략할 수가 없다.

마음을 착 가라앉히고는 6단계 차크라를 되새김질하는 마음으로 점검했다.

첫 번째 차크라, 물라다라.

색깔은 짙은 빨강.

운기를 하자마자 역시 심안으로 붉은 기운이 도드라지고 있었다.

동시에 네 개의 꽃잎이 붉은 기운 사이로 부유하기 시작했다.

그렇게 시작된 차크라의 단계는 2차크라인 스바디스타나를 거쳐 3차크라인 마니프라에 접어들었다.

마니프라는 시야를 지배하는 단계로, 육체가 완성되는 과정을 일목요연하게 볼 수 있는 경지다.

즉, 관조다.

이어서 아나하타로 넘어가는 제4차크라가 건강한 모습으로 마중을 나온다.

색은 노랑색.

3차크라가 관조라면 4차크라인 아나하타는 관조를 뛰어넘어 육감을 느낄 수 있는 경지다.

이어 녹청색 바탕에 열 개의 꽃잎이 두 개 더 늘어나 열두 개로 화하면서 은은한 악기 소리로 전신에 평온을 가져온다.

다음은 5차크라인 비슈다다.

열여섯 개의 꽃잎이 맹렬하게 휘돌면서 사자후를 토해 낸다.

마지막 6차크라 아즈나.

탈태환골의 경지이자 뇌의 기능이 활성화되어 환정영신換
精靈身, 즉 정기가 일신하여 혼신일체를 이루는 경지다.

'시작하자.'

차크라를 운기한 담용이 첫 번째 차크라인 물라다라를 회
음혈에서 끄집어내는 것으로 각성을 향해 몰입해 들었다.

든 자리 난 자리

국정원.

턱을 괸 채 창밖의 가로등 불빛에 시선을 두고 있던 최형만 차장이 조재춘이 들어서는 것을 보고는 성급하게 물었다.

"연락됐나?"

"아직……."

"허 참, 아직도 연락이 안 되다니?"

"죄송합니다."

"오늘이 며칠째지?"

"3일쨉니다."

"망할……."

"죄송합니다."

"쯧쯧, 자네가 죄송할 일은 아니지."

"제가 이런 때를 대비해 명확한 명시를 해 놨어야 하는데……."

"굳이 그런 일로 제로의 심기를 건드릴 필요는 없어."

"다음부터는 이런 일이 없도록 하겠습니다."

"그러고 보니 제로가 사라지니 난 자리가 확 표가 나는군 그래."

"든 자리도 표시가 많이 났었지요."

"그렇긴 하지. 제로의 여동생은 뭐라고 하던가?"

"큰여동생의 말에 의하면 당분간 개인적인 일로 연락이 되지 않을 수도 있다고 했답니다."

"개인적인 일? 연락이 안 될 수도 있다?"

"분명히 그렇게 말했습니다."

"말이 어째 애매하군. 연락이 안 될 수도 있다는 건 제로 자신도 일정이 어떻게 될지 모른다는 얘기잖아?"

"……."

"허참, 개인적인 일이라…… 그럴 만한 일이라도 있나?"

"작전 때야 대부분 요원들과 동선을 같이 해 왔으니 알 수 있는 일이지만, 개인적인 일까지는……."

"하긴……. 그래도 제로의 연락 담당이 자네잖아? 뭐라도 듣거나 낌새 같은 걸 느낀 게 있을 것 아닌가?"

"저는 도통……."

"김창식 요원은 뭐라던가?"

"안 그래도 물어봤지만 그렇게 사라질 만한 뭐가 없었다고 합니다. 아참, 금고에서 나온 금동입불상을 본 후 문화재에 대해 꼬치꼬치 캐물었다고 하더군요."

"문화재에 관심을 가졌다는 건가?"

"그 정도인지는 모르겠습니다."

"그걸로 제로가 사라졌다고 보기에는 무리가 있군."

"아무리 국보급 문화재라고 해도 그것과는 매치되기가 어렵지요. 더욱이 금동입불상도 저희한테 보관되어 있고요."

"끙, 할 일이 산더민데……."

두통이 오는지 관자놀이 꾹꾹 누른 최형만 차장이 다시 물었다.

"하면 대덕산단의 일에 차질이 생기는 것 아닌가?"

"그건 그냥 저희가 진행하면 안 되겠습니까?"

"쯧, 그거 제로 없이는 쉽게 결정할 문제가 아니야."

"감쪽같아야 하는 일이니 처 역시 잘 알고 있습니다만, 그냥 두고 보기에는 아깝지 않습니까?"

"약간만 삐끗해도 이전 것까지 다 덤터기 쓰게 돼. 쉽게 생각할 일이 아니야."

최형만 차장이 고개를 저었다.

"물론 노출이 될 시는 이전 것까지 다 덤터기를 쓰는 걸로도 해결이 되지 않을 거라는 걸 잘 알고 있습니다."

"그러니 대덕산단의 일은 고민하지도 마. 난 반대다."

"하지만 그냥 넘어가기에는……."

"아, 됐어."

"차장님, 방법이……."

스륵.

조재춘이 말을 더 하려는 순간 출입문이 열렸다.

이정식 과장을 대동한 김덕모 차장이 들어서자마자 최형
만에게 물었다.

"최 차장, 제로와 아직도 연락이 안 된다고요?"

"아, 예."

"거참, 어찌 그런 일이 있는 거요?"

"그래서 저도 지금 난감해하고 있는 중입니다."

"집에도 소식이 없다고 합니까?"

"여동생에게 며칠 연락이 안 될 거라는 말만 전해 왔다고
합니다."

"무슨 일인지는 모르고요?"

절레절레.

"딱 그 말만 하고 끊었답니다."

"허어, 이거야 원……."

갑자기 답답해지는지 그 기분이 얼굴에 그대로 드러나는
김덕모 차장이다.

"조 과장, 제로가 다니는 회사에서는 뭐래?"

"연락 두절 상태랍니다. 근데 별로 새삼스러운 일도 아니라는 듯한 말투였습니다."

늘 있어 왔다는 뜻이니 더 들어 볼 것도 없어 김덕모 차장이 재차 물었다.

"제로가 어디 짱 박혀서 할 일이라도 있는 건가?"

"제가 알기로는…… 없습니다."

이들이야 담용이 수련을 계속해야 하는 입장임을 모르니 그렇게 알고 있었다.

초능력에 대해 아는 것이 별로 없으니 그저 그냥 선천적으로 지니게 된 능력인 줄만 아는 것이다.

"혹시 게이트 사건을 혼자서 처리하느라 잠적한 것은 아니겠지?"

"그렇지는 않을 겁니다. 정공진이 비록 보석금을 내고 석방은 됐지만, 정확한 정보가 없는 상태에서 제로가 접근하는 일은 없을 겁니다."

"확신하나?"

"그동안 지켜본 바로는 그렇습니다."

"하긴……."

능력이 있음에도 불구하고 결코 룰과 틀을 벗어나지 않는 제로의 패턴을 알기에 김덕모 차장도 머리를 가만히 주억거렸다.

"쯧, 이런 경우가 생길 거라고는 생각지도 못했군."

담용의 부재 시를 감안한 대책이 전혀 없다 보니 김덕모 차장뿐만 아니라 모두들 아연한 심정이었다.

　그러나 끌탕을 하고 있어 봤자 변하는 게 없다고 여긴 김덕모 차장이 화제를 바꿨다.

　"정공진이 보석금을 내고 석방됐다고 했나?"

　"예, 돈이 있으니까요."

　게이트 사건의 외형을 보면 보석금이야 애들 껌값밖에 안 될 것이니 그걸 몰라서 묻는 게 아니었다.

　"아, 내 말은 대형 게이트사건인데 보석금으로 석방이 가능하냔 말일세."

　도주나 증거인멸이 얼마든지 가능하기에 하는 말이었다.

　"아마 게이트에 관련된 자들이 두고 보고만 있지 않았을 겁니다."

　필시 정치권의 입김을 탔을 거라는 얘기.

　"정공진을 저대로 뒀다가는 심문 과정에서 다 불어 버릴 걸 염려하지 않았겠습니까?"

　"빌어먹을……."

　입안이 소태처럼 써서 내뱉은 말이지 김덕모 차장이라고 그걸 왜 모를까.

　가난한 사람은 경범죄임에도 징역형을 살아야 하고 돈을 가진 자들은 중범죄를 저질러도 보석금을 내고 석방될 수 있는, 정의롭지 못한 제도가 고스란히 드러나는 현실에 구역질이 났다.

나머지 사람들도 다르지 않았다.

직책이 직책이다 보니 대형 게이트 사건은 정치권이 개입되지 않으면 일어날 수 없음을 너무도 잘 알고 있었다.

물론 국정원 직원들 중 일부는 권력의 따까리 노릇을 마다하지 않는 이들도 있다.

하지만 대다수는 원훈처럼 공功을 드러내지 않고, 또 누가 알아주지 않는다 할지라도 국가를 위해 일할 수 있는 사실 자체를 명예롭게 생각하며 맡은 임무에 충실하고 있다.

그렇더라도 국정원 차장인 자신이 모르는 개입이 있었는지 알고 싶었다.

왜냐면 국정원의 특성상 타 부서의 업무에 관여하는 일이 극히 드물었기에 규정된 업무 외에 일어난 일에 대해 보고를 하지 않는 이상 알 도리가 없기 때문이다.

"혹시…… 직원들 중에 거기에 개입한 정황이 포착된 게 있는가?"

"저희 부서는 없는 걸로 확인됐습니다."

"다행이군."

"제2실은 확인해 보셨습니까?"

"거기도 그런 일이 없다고 하더군요."

"그렇다면 이번 게이트 사건에 우리가 개입되지 않았다고 봐도 될 것 같습니다."

"쩝, 과거처럼 난데없이 불쑥불쑥 튀어나오는 일은 없겠지만 그래도 마음이 놓이질 않아서요."

"허헛, 그 심정 충분히 이해합니다. 자 자, 일단 앉으시지요. 커피 한잔하시겠습니까?"

"아, 방금 마시고 왔소."

최형만이 자리를 권하자, 힘없이 소파에 주저앉아 등을 기대던 김덕모가 피곤했던지 잠시 눈가를 주무르고는 조재춘에게 말했다.

"조 과장, 그 일…… 모두 끝났나?"

"예."

그 일이란 중추회 사무실에서 탈취해 온 채권을 두고 하는 말이었다.

"탈이 나서는 곤란하네."

"전부 무기명채권이라 세탁하기는 쉬웠습니다. 그래도 혹시 하는 마음에 몇 바퀴 굴렸으니 추적당할 일은 없을 것입니다."

"흠, 그 돈에 대해 제로는 모르고 있다고 했나?"

"아, 채권인 것은 알고 있지만 액수가 얼만지는 모릅니다."

"하긴 던져만 놓고는 코빼기도 안 보이고 있으니…… 하면 어떻게 처리할 건가?"

"제로가 계획한 대로 처분할 예정입니다."

"코리코프에 투자하는 것 말인가?"

"예."

"자금 출처는 어떤 식으로 할 건가?"

"아, 제로가 새로 만든 법인이 있습니다."

"법인을 새로 만들었다고?"

"예, YTY홀딩스라고…… 우선은 당장 5천억 원씩 두 차례 도합 1조 원을 지원하겠다고 약속했거든요."

"뭐, 거기에 대해서는 자세히 묻지 않겠네. 중요한 것은 노출이 안 되도록 하는 것일세."

"그건 염려하지 않으셔도 됩니다."

김덕모 차장이 슬쩍 욕심을 내보려는 기색을 띠자, 조재춘이 웃으며 자신 있는 어조로 말했다.

'쩝.'

그래도 워낙 큰 금액이라 여전히 아쉬운 김덕모 차장이었다.

"그 부분에 대해서는 제로의 의지가 너무 강해서…… 어쩔 수가 없습니다."

"뭐, 아쉽긴 하지만 제로가 원한다면 욕심낼 일은 아니지."

담용이 혼자 착복한다면 나눠 달라고 말하겠지만 그 역시 단 한 푼도 손을 대지 않으니 입을 뗄 수가 없었다.

게다가 다른 일도 아니고 어려움에 처한 서민들이 자립할 수 있도록 돕겠다는데 힘을 실어 주지는 못할망정 쪽박을 깰 수는 없는 일이었다.

게다가 요즘 제로의 심리 상태가 께름칙해 어지간해서는 돈에 욕심내서는 안 되었다.

다행히 현재 국정원의 재정 상태가 그 돈을 욕심낼 만큼 달리지는 않았다.

"그나저나 놈들이 금고에 뭔 돈을 그렇게 많이 쟁여 놓고 있었던 거야? 그럴 만한 이유라도 있나?"

"제로의 말에 따르면 대덕산단과 같은 돈일 거라고 하더군요."

"뭐라? 하면 그게 일본 애들이 숨겨 놓은 나머지 자금이란 말인가?"

"의외의 장소에서 발견된 것이라 당혹스럽긴 합니다만 저희는 그렇게 추측하고 있습니다. 아니, 확실합니다."

"하긴 중추원이 돈이 많은 단체이긴 해도 5천억 원이라면 결코 적은 돈이랄 수는 없지."

"거기서 유추해 보면 일본이 중추원을 무척이나 신용하고 있음을 알 수 있지요."

"그거야……."

굳이 들먹이지 않더라도 익히 짐작하는 얘기지만 직접 확인하고 보니 입안이 씁쓸해지는 건 어쩔 수 없었다.

'빌어먹을 놈들. 일본의 딸랑이 짓이 그렇게 좋으면 아예

건너가든지 하지 왜 여기서 뭉기적대고 있어?'

김덕모의 지론은 북한의 추종자인 주사파들은 북한으로 가고, 친일파들은 일본으로 가 주는 것이 최상의 조합이라는 것이었다.

"쯧, 그동안 그 돈을 찾느라 괜히 헛심만 쓴 꼴이군그래."

"달리 방법이 없었으니까요."

"이렇게 되면 대덕산단 폐수처리장에 숨겨 놓은 돈을 빨리 찾아야 하지 않겠나? 금고에 돈이 비었다는 걸 알게 되면 놈들이 폐수처리장의 돈을 다른 곳으로 옮길 게 빤하잖나?"

당연히 예상할 수 있는 일이었다.

"저 역시 그런 생각이지만……."

말꼬리를 슬쩍 흘린 조재춘이 최형만 차장을 쳐다보았다.

"크흠흠, 그러지 않아도 상의하려고 했습니다만……. 저는 그 돈은 포기하는 게 좋겠다는 의견입니다."

끄덕끄덕.

"흠, 그 이유를 짐작할 만합니다."

무려 1조 원으로 예상되는 돈이 은닉돼 있음을 알고도 포기하기란 결코 쉽지 않다.

하지만 그것이 일본과 관계된 돈이라면 쉽게 처리할 문제가 아니게 된다.

이유는 '과장급' 선에서 생각하는 수준과 '차장급' 수준에서 생각해야 할 범위가 다르기 때문이다.

그러나 1조 원이란 천문학적이 자금을 눈앞에 두고도 구경만 할 수 없는 입장인 조재춘으로서는 그냥 넘기기 어려워 목소리가 커지고 있었다.

　　"하지만 김 차장님, 제로가 없다고 해도 취할 방법이 없지는 않습니다. 아니, 우리가 취하지 못하더라도 야쿠자들이 그 돈을 쓰지 못하게 할 수는 있습니다."

　　"뭐? 어떻게? 좋은 수가 있나?"

　　"그 방법이란 게, 대전광역시 환경과에 제보를 해 돈을 압수하는 겁니다. 그러니까 제 말은 폐수 무단 방류라는 명목을 들어 불시에 들이닥쳐 조사하는 겁니다."

　　"흠, 우연히 발견한 것이라고 하면 된다?"

　　"예. 그렇게 되면 그 돈을 감히 자신들의 것이라며 나설 자가 있겠냐는 것이지요."

　　"허헛, 그것도 괜찮은 방법 중 하나인 것 같은데, 최 차장님 생각은 다른가 보구려."

　　"아, 저야 어떤 형태가 됐든 정치권에서 말이 나올까 저어해서 그런 겁니다."

　　"흠, 충분히 그럴 소지가 있지요."

　　아니, 당연히 말이 나올 것이다. 그것도 암암리에.

　　대다수 정치인들이 돈에 목을 매는 것은 써야 할 용처가 많은 것도 그 이유였지만, 자신을 따르거나 혹은 거느리는 식구들을 먹여 살려야 하기 때문이다.

그래서 거기에 관한 대책이 있는지 물을 수밖에 없었다.

"조 과장이 그걸 모를 리는 없을 테고…… 어디 더 들어볼까?"

"그걸 시행하기 위해서는 환경부 장관님과 먼저 얘기가 돼야 한다는 겁니다."

"오! 전국적으로 지침을 내려서 일률적으로 시행하겠다?"

"맞습니다. 그러기 위해서는 환경부 장관의 성향을 먼저 알아야 합니다."

"한기봉 장관은 색깔이 분류되지 않은 사람이야."

색깔이란 친미, 친일, 친북 성향을 일컫는 말이었지만 한기봉 장관은 그 어디에도 속해 있지 않다는 뜻이었다.

"그래도 조금 더 깊이 알아보고 접근하는 게 안전할 겁니다."

"거기 경계는 어떤가?"

"겉으로 보기에는 평상시와 다름없습니다. 하지만 놈들이 방치해 놓고만 있진 않을 겁니다."

하긴 돈이 얼만데 손을 놓고 있을까?

"그렇겠지. 좋아, 내일까지 제로가 나타나지 않으면 그렇게 진행하는 걸로 하세. 그리고……."

김덕모 차장의 시선이 최형만 차장에게로 향했다.

"오늘 아침에 중추회 삼인방이 귀국했소."

"시일이 꽤 오래 걸렸군요."

중추회 3인방이면 이번에 새로 선임된 황정곤과 권준수 그리고 황두호였다.

　각각 회장, 부회장, 간사를 맡고 있는 자들이었고, 전직으로 국회부의장에다 대한체육회 사무총장 그리고 대법관 같은 고위직을 역임하는 등의 화려한 이력이 있는 자들이었다.

　"닷새 만에 귀국한 거요."

　"방문 목적이야 회장단이 바뀌었으니 순회하면서 인사를 한 것일 테고, 문제는 그들 중에 누가 최고위직인가 하는 거겠지요."

　"우리 요원이 알아낸 바에 의하면 미야자와 가쿠에이요."

　"흠, 우리가 예상한 인물이군요."

　"뭐, 친일파들이야 미야자와 가쿠에이와 대면하는 것을 일생의 영광으로 생각하는 작자들이니……."

　"하긴 거물이긴 하지요. 일본 극우 단체인 국화와 칼을 이끄는 수장이니 말이오."

　최형만의 말처럼 미야자와 가쿠에이는 일본 정치계의 대부로 알려질 만큼 정치권에 큰 영향을 끼치는 인물임과 동시에 극우 단체를 이끄는 최고 수장이었다.

　'국화와 칼'은 국화 가꾸기에 온 정성을 기울이면서도 칼을 숭상하는 일본인의 양면성을 일컫는 상징이었다.

　아울러 미야자와 가쿠에이는 일본 전 총리이면서 현재도 총리 메이커로서 밖으로 드러내지 않은 채 힘을 불리고 있는 막강한 세력가이기도 했다.

그 배경에는 일본 정치 역사상 14선의 최장수 중의원이라는 기록이 있었다.

최형만이 말을 이었다.

"일본 극우 단체를 이끄는 수장이라, 중추원 회장단은 그와 대면하는 것이 종교인들이 성지를 방문하는 만큼이나 중요한 일정이라 할 수 있지요."

국정원 차장이라는 고위직에 있는 인물이 한낱 일본 앞잡이들의 움직임에 신경 쓸 여유는 없다.

하지만 미야자와 가쿠에이가 거론된다면 일의 차원이 다른 탓에 신경을 쓰는 것이다.

"제 마음 같아서는 싹 제거해 버리는 것이 속 시원할 것 같은데, 그게 마음대로 안 되니 답답합니다."

"허헛, 그리된다면 한일 양국 간에 지각변동이 일어나지 않겠소?"

"쩝, 마음먹었다고 해서 다 되는 일이 아니니…… 참. 그에 앞서 출국했던 일본인은 알아보셨습니까?"

"아, 다케시타 말이오?"

"다케시다?"

최형만이 처음 듣는 이름이었던지 고개를 갸우뚱했다.

"그는 오지 않았소."

"그자의 정체가 뭡니까?"

"쩝, 그건 알아내지 못했소."

김덕모 차장이 머리를 저었다.

"원래 리스트에 없던 인물이라……."

"신진이라는 말이군요. 일단 기록해 놓고 차차 조사해 보지요. 그나저나 금동입불상의 처리를 어떻게 하면 좋겠습니까?"

"아무래도 드러내서는 곤란하지 않겠소?"

"두 분 말씀 중에 죄송합니다만……."

"어? 조 과장, 할 말이 있으면 해."

"중추회 삼인방이 귀국했다면 조금 전과는 상황이 달라졌다는 생각입니다만……."

"뭐가?"

"금동입불상이야 당분간 저희가 보관한다고 하더라도 제 생각에는 금동입불상을 노린 장본인이 미야자와가 아닐까 여겨져서 말입니다."

"엉? 뜬금없이 그게 무슨 말인가?"

"그렇게 가정할 때, 빠르면 오늘, 늦어도 내일까지는 금고가 열릴 거라는 말이죠."

"어? 아, 아……."

조재춘의 말은 많은 의미를 함축하고 있었기에 차장들의 머리가 빠르게 돌았다.

"그러니까 조 과장 말은 중추회 삼인방이 금동입불상의 일본 반출도 의논하고 왔을 거란 걸 가정하면, 놈들이 조만간 금고를 개방할 것이란 뜻이지?"

"그렇습니다. 아울러 채권 역시 사라진 걸 알게 될 거란 거지요. 그렇게 되면 대전산단 폐수처리장의 자금도 신속히 옮기려 하지 않겠습니까?"

"그렇군. 채권이 사라진 걸 안다면 거기도 안전하지 않을 거라 여길 수 있겠지. 이거 서둘러야겠는걸."

"뭐, 미룰 것 있습니까? 한기봉 장관을 은밀히 만나 보시지요."

"알겠소. 날이 밝는 대로 난 그 일을 맡을 테니 최 차장은 그 밖에 일어날 의외의 사태에 대비해 주시오."

"알겠습니다."

"아, 제로를 수소문하는 것도 부탁하오."

"그거야 당연한 일이지요."

BINDER
BOOK

무슨 일이 있었던 거야?

국정원에서 담용과 연락이 되지 않아 전전긍긍하고 있을 무렵이다.

청계산 마왕굴.

여명이 살짝 머리를 들이미는지 사위가 조금씩 어둠을 물리고 있는 그때, 돌연 마왕굴 주위가 강렬한 전자기장으로 뒤덮이며 요란한 소음을 내기 시작했다.

치직. 치지직. 치지지직.

순간, 마왕굴 입구에 눈에도 선명한 색색의 광선이 줄기줄기 흘러나와 전자기장을 아우르며 감싸더니 마치 코브라처럼 곤두서기 시작했다.

그 과정에서 전자기장은 온데간데없이 사라지고 색깔의

종류가 더해진 무지개가 나타났다.

마치 홀로그램 같았다.

허공중에서 좀처럼 보기 드문 휘황하고 아름다운 무지개가 마치 리듬체조의 띠 같은 움직임을 보이고 있었다.

칠흑 같은 어둠과 묘하게 어울려 영롱한 빛을 발하는 무지개 띠는 유혹 그 자체였다.

쑤욱.

무지개 띠가 솟아올랐다.

영화필름처럼 사다리를 형성하는 무지개 띠.

서서히 허공을 휘돌았다.

마치 지각을 가진 생명체 같은 느낌.

회전하는 속도가 차츰차츰 빨라지기 시작했다.

고요한 산중의 소리 없는 움직임은 점점 더 속도를 가하더니 마침내 회오리 형태로 화했다.

찰나, 무지개가 두 갈래로 나뉘더니 고무줄처럼 쭈욱 늘어나기 시작했다.

한데 점점이 늘어난다 싶었던 무지개 띠의 속도가 어느 시점부터 가공할 속도로 빨라지기 시작했다.

급기야 비행운을 자취로 남긴 무지개 띠는 무음 속으로 쏘아져 갔다.

목적지는 등선과 등선을 잇는 송전탑이었다.

송전탑과 가까워질수록 속도를 배가시킨 무지개 띠는 마

치 먹이를 본 맹수같이 흉포하게 달려들었다.

팍! 파팍! 파파파팍!

송전탑에 세워 둔 원통형의 변압기에서 불꽃이 사방으로 튀어 올랐다.

이어 '펑' 하는 소리와 함께 변압기가 터져 버렸다.

변압기의 이상 현상에 가장 먼저 영향을 받은 곳은 청계산 정상에 주둔하고 있던 군부대였다.

시간은 새벽 여명이 터 올 무렵이다.

레이더를 통해 전해져 오는 군용 모니터를 감시하던 박 병장이 피로했던지 눈을 계속 깜빡거리며 졸음을 쫓을 때였다.

찰나, '파파팟' 하고 기음이 들린다 싶더니 이내 실내가 칠흑같이 캄캄한 어둠에 휩싸여 버린 것이다.

"앗!"

박 병장의 입에서 비명 같은 외마디가 터져 나올 때, 동시이다시피 옆자리의 김 일병 역시 새된 비명을 질렀다.

"악! 바, 박 병장님!"

벌떡!

"마! 진정해! 씨파! 이게 갑자기 뭔 지랄이래? 김 일병! 비상 키부터 눌러!"

"어? 금방 들어올지 모르잖습니까?"

"시끄! 그러다가 안 들어오면?"

"아, 뭐……."

"빨리 안 눌러?"

"아, 누, 누릅니다!"

곧 '삥', '삐잉' 하는 소리가 나면서 주변이 시끄러워졌다.

"보조 발전기 켜!"

"옛!"

한 번 된통 당한 김 일병의 동작이 빠릿빠릿해졌다.

김 일병에게 지시를 내린 박 병장이 책상 옆에 비상시를 위해 비치해 놓은 랜턴을 빼내 켜고는 출입문으로 줄달음을 쳤다.

벌컥!

출입문을 거칠게 열고 나간 박 병장의 입에서 또 한 번 거친 목소리가 흘러나왔다.

"보초!"

"옛! 일병 이근수……."

안 그래도 갑작스럽게 사방이 캄캄해진 것에 어리둥절해하던 이근수 일병이 자신을 부르는 소리에 재빨리 달려왔다.

"아쒸, 이거 왜 이래?"

사방이 암흑으로 변해 있자, 사방을 비춰 대는 박 병장의 랜턴이 더 빛을 발했다.

"박 병장님, 부르셨습니까?"

"그래. 너, 판교 쪽을 살펴봐. 불이 나갔는지 알아보고 나갔으면 범위가 어디까지인지 알려 줘."

"옛!"

서로 송배전소가 달랐던 탓에 그렇게 지시를 내린 박 병장이 과천이 보이는 곳으로 내쳐 달려갔다.

"허억!"

파팟! 파파파팟!

"저, 저런!"

산 아래 우뚝 선 송전탑이 연방 불꽃을 튀기며 사방으로 흩트리고 있는 모습이 눈에 들어오는 것이 아닌가?

그뿐만이 아니다.

치! 치치칙! 치치치칙!

전선에 도화선처럼 타들어 가는 네 개의 빛줄기가 어둠 속에 선명하게 빛을 발하고 있었다.

"이, 이게……."

영문을 몰라 어안이 벙벙해진 박 병장이 말을 잇지 못하고 버벅거릴 때, 랜턴 불빛이 비치며 급박한 음성이 들려왔다.

"박 병장! 무, 무슨 일이야?"

"가, 강 중사님!"

강 중사는 당직부사령이었다.

"왜 불이 나간 거야?"

"정전입니다."

"그걸 몰라서 묻는 게 아니잖아?"

"원인은 저도 모릅니다. 보시다시피 우리만 그런 게 아닙니다. 송전탑에서 스파크가 일어나고 있는 거 보이시죠?"

"그, 그래."

눈이 있으니 안 보려야 안 볼 수가 없다.

확실히 자신들 탓은 아니었다.

마음이 조금 놓였지만 스파크가 점점 거칠어지면서 불꽃이 전기선을 타고 다음 송전탑으로 향해 가고 있는 것을 보자, 강 중사와 박 병장의 눈은 폭풍 속에 갇힌 돛단배처럼 흔들렸다.

"이, 이게 대체…… 박 병장, 혹시 벼락이 떨어진 거 아냐?"

"그런 소리는 못 들었습니다."

"마! 헤드폰을 쓰고 있었잖아?"

"아, 어이! 이 일병!"

"그쪽은 어때?"

"난리도 아닙니다."

"어떻다고?"

"송전탑에 스파크가 일어나고 있습니다."

"뭐야? 송출이 다른 곳이잖아?"

"모르겠습니다! 악! 산 밑의 민가에 불이 꺼지고 있습니다!"

"뭐?"

그 말에 얼른 뒤돌아보니 역시나 여기도 마찬가지로 체육 공원을 밝히고 있던 불빛이 꺼지고 있었다.

하지만 그것은 시작에 불과했고, 금세 그 아래 민가에까지 파급되고 있었다.

"아놔…… 이 일병! 벼락 치는 거 들었어?"

"그런 일 없었습니다!"

하긴 전날 밤 비록 눈이 내리긴 했지만 지금은 바람만 거셌지 하늘은 맑았고, 이제는 별까지 보이고 있어 벼락이 칠 일은 없었다.

"없었다는데요?"

"아쒸, 그럼 어디서부터 시작됐다는 거야?"

"강 중사님, 정전이 점점 확대되고 있습니다."

박 병장의 말 그대로였다.

"헛!"

대번에 안색이 하얗게 질린 강 중사의 눈에 순차적으로 구획을 잠식해 가는 어둠이 또렷하게 들어오고 있었다.

마치 불빛만 잡아먹는 바이러스가 사방으로 퍼져 가는 듯한 기이한 광경이 아닐 수 없었다.

꼭 영화에서나 볼 수 있는 장면 같았다.

"아, 씨발!"

'엿 됐다'는 다음 말을 꿀꺽 삼킨 강 중사가 소리쳤다.

"빨리 보조 발전기 켜!"

"김 일병이 켤 겁니……."

팍! 파박! 팍!

"아, 들어왔네요."

그 말처럼 불이 들어왔고, 박 상병이 안으로 뛰어가면서 외쳤다.

"저는 레이더에 이상이 생겼는지 모니터부터 점검해 보겠습니다!"

"어, 그래."

강 중사는 이럴 때를 대비한 매뉴얼이 있었지만 막상 당하자, 심히 당황해 허둥지둥했다. 하지만 박 병장이 처리를 잘하고 있어 다행이란 생각을 했다.

그사이 암흑 세상은 그 범위가 더 확대되어 과천대공원에 이르고 있었다.

'젠장 할. 저렇게 가다간 세상이 다 캄캄해져 버리겠군.'

그럴 것이 멀리 보이는 불빛을 제외하고는 매일 눈 아래로 굽어보던 일대가 빛 한 점 없이 어둠에 잠겨 버렸기 때문이다.

강 중사의 신형이 한 바퀴 빙 돌았다.

'씨파, 저곳도 곧…….'

역시 순식간에 저 멀리 남서울 골프장에까지 미쳐 불이 꺼지기 시작하고 있었다.

문득 영화 '십계'에 나오는 장면이 연상됐다.

바로 애굽의 장자들을 죽이는 어둠의 안개.

부르르르.

강 중사는 절로 몸에 한기가 드는 기분이었다.

'이거…… 보고부터 해야겠군.'

갑자기 가슴이 두근두근해지고 정신마저 붕괴되는 기분이
었다.

자신도 모르는 폭발이 있지나 않았을까 하는 조바심이 강
중사의 조금은 비둔한 몸을 바쁘게 만들고 있었다.

팍!

"어머! 갑자기 웬 정전이야?"

과천 맨션촌에 사는 조민정은 새벽같이 출근하는 남편의
밥을 짓느라 분주하게 움직이던 중 느닷없이 전기가 나가자
당황했다.

"우리 집만 나갔나?"

잰걸음을 움직여 거실 창문을 열어 본 그녀의 눈에 들어온
것은 세상천지가 캄캄하다는 것이었다.

"어머나!"

조민정의 입에서 뾰족한 비명이 터져 나온 것은 당연한 일이었다.

　　보통 정전이 됐을 때, 주변 일대만 캄캄했지 저 멀리까지 정전이 되는 일은 없었기 때문이었다.

　　"이를 어째……."

　　일단 비상용으로 마련해 둔 초부터 찾아서 켰다.

　　그러고는 전화기를 들려다가 멈칫했다.

　　'전기가 나갔으니 전화는 안 될 거야.'

　　안방으로 들어온 그녀는 휴대폰을 들었다.

　　한전에 전화를 해 보기 위해서였다.

　　기실 정전이 됐어도 전화와는 선로 자체가 달라 통화가 가능했지만, 조민정에게 있어 그런 상식은 어려운 부분에 속했다.

■

　　한국전력공사 ○○지사.

　　업무의 특성상 그럴 수밖에 없는 전력 회사라 그런지 빌딩 전체가 창문마다 불야성을 방불케 했다.

　　하지만 분위기는 휘황함을 무색케 할 만큼 조용했다.

　　몇 명 되지 않는 직원들은 밤을 지새운 탓에 피곤했지만 곧 있을 교대를 고대하며 마지막 눈빛을 빛내고 있었다.

한데 피곤을 단숨에 날려 버리는 정전 사태가 난데없이 들이닥친 것이다.

꽉! 파팍!

"어! 뭐, 뭐야?"

"정전입니다."

"앗! 오 과장님, 모니터가 타고 있습니다!"

"아악! 저, 제 것도요!"

그러고 보니 책상마다 컴퓨터 모니터에서 스파크가 일더니 하얀 연기가 피어오르고 있었다.

이 모습을 본 오 과장의 얼굴이 심각해졌다.

'모니터가 타? 이, 이건…… 단순한 정전이 아니야.'

순간, 뇌리에 떠오르는 것은 전자기펄스였다.

한데 전자기펄스는 인공적으로 공격하기 전에는 나타날 수 없는 일이었다.

하지만 사태의 위급함에 더 이상 생각을 이어 갈 수 없었던 오 과장이 소리쳤다.

"고 대리! 비상발전기부터 켜라고 일러!"

"예!"

"송 대리! 원인이 뭔지…….."

말도 끝나기 전에 이미 창밖을 살펴보던 송 대리가 소리쳤다.

"과장님, 이 일대 변압기마다 스파크가 일어나고 있습니다."

"뭐라?"

황급히 창문으로 달려가 밖을 내다보니 전봇대에 고정시켜 둔 원통형 변압기들이 스파크를 일으키며 몸살을 앓고 있는 것이 아닌가?

아울러 가로등과 간판의 불이 일부러 짜 맞춘 것처럼 순차적으로 소등되고 있었다.

그러고는 암흑이 찾아왔다.

"대체⋯⋯."

명색이 한국전력 지사인데 스파크에 이은 정전이라니!

"용량 이상의 고압 전류가 흐르는 것은 아닐 테고⋯⋯."

그건 코일이 뜨거워지는 현상인데 이미 체크해 본 뒤라 이상이 있을 리가 없었다.

"아니라면⋯⋯ 설마 노후?"

이건 말도 안 된다.

신도시에 가까운 판교에 전선의 노후라니.

이건 패스다.

"아! 미네랄 오일이 압력을 견디지 못하고 터졌을 수도⋯⋯."

오 과장이 중얼거리다가 말을 잇지 못하고 얼른 고개를 저어 댔다.

"씨발, 하나라면 모를까 동시에 이런 일이 일어날 수는 없어."

짧은 시간에 원인을 알아보려 했지만 오 과장은 자신의 능력 밖의 일임을 자각했다.

'이건 전자기펄스야.'

확신은 갔지만 대체 누가 그런 일을 벌인단 말인가?

아무튼 입사 이래 단 한 번도 없었던 일이라 오 과장은 이와 같은 정전 사태가 결코 작지 않은 일임을 예감했다.

'씨불, 퇴근은 글렀구나.'

의자에 걸쳐 놨던 점퍼를 재빨리 걸친 오 과장이 자리를 떠나면서 외쳤다.

"모두 전화기에 붙어! 어디서 걸려오는 전화인지 확실히 메모하면서 지역을 체크해! 시작점이 어딘지 빨리 파악하는 게 중요해. 홍 대리!"

"예!"

"본사에 전화 넣어서 무슨 일인지 알아봐! 아! 본사도 같은 상황이라면 전력 송출은 중단시키는 게 좋겠다고 건의해."

건의만 해서는 해결될 일이 아님을 알지만 이런 경우 지사에서 할 일은 별로 없었다.

"알겠습니다."

"모두 주목! 지금 이 시간부터 비상사태에 돌입한다. 알았나?"

"예-!"

"정 대리! 필드 인원 전원 대기시켜!"

"알겠습니다."

'젠장! 오늘 하루는 정신없이 돌아가겠군.'

그 생각을 읽기라도 했는지 그때부터 각 책상 위에 놓인 전화기에 불이 나기 시작했다.

교환을 거친 전화야 당연했지만 직통전화 역시 연신 신호음이 울려 대기 시작했다.

"아, 예. 예. 지금 알아보고 있는 중입니다."

"소, 손해배상요? 지, 지금은 그런 말씀을 드릴 때가……."

"어디시라고요?"

"예에? 마, 막계동 전체가 정전이란 말입니까? 아, 곧 조치될 겁니다. 오 과장님! 막계동도 정전입니다!"

"예? 송전탑에 불이 붙었다고요? 거기가 어딥니까? 문원동요? 알겠습니다, 곧 조치하겠습니다. 오 과장님, 문원동에서도 정전이랍니다!"

"예에? 불이 전선을 타고 흐른다고요? 거기가……."

그렇게 난데없이 들이닥친 정전 사태는 곳곳에서 아우성이 되어 몰려들었다.

급기야 응대하는 직원들의 음성이 차츰 커지면서 악다구니로 변하는 것은 순식간의 일이었고, 비상사태에 직면한 한국 전력 ○○지사는 도떼기시장이 되고 있었다.

담용은 주변이 정전으로 인해 비상사태에 직면한 것도 모른 채, 요상한 자세로 자빠져 머리를 감싸고 있었다.

"으으…… 머리가 왜 이리 아픈 거야?"

손가락 끝에 툭 불거진 혹 같은 것이 만져졌다.

"어라? 웬 혹?"

한데 정수리에 혹만 난 게 아니라 전신으로 체감되는 감각도 이상했다.

어딘가 어색하고 싸한 느낌.

이에 퍼뜩 정신을 차린 담용이 자세를 바로 하고는 자신의 몸을 살펴보다가 '헛!' 하고 헛바람을 불어 냈다.

"뭐, 뭐야? 이게……."

어찌 된 게 실오라기 한 올 걸치지 않은 벌거벗은 몸이 아닌가?

이것저것 생각할 새도 없이 식겁한 담용이 본능적으로 몸을 웅크리고는 조심스럽게 밖을 살피니 아직 어둠이 채 가시지 않았다는 것을 알 수 있었다.

'휘유! 다행이다.'

그제야 자신이 마왕굴에 들어 차크라 좌선에 든 것을 깨달은 담용이 얼른 색에 준비해 왔던 트레이닝복을 입었다.

이어서 입안이 바짝 말라 있는 느낌에 물 한 모금으로 입안을 적시고는 곧 1리터 페트병의 물을 전부 비워 버렸다.

그러자 이번에는 단 한 번도 느끼지 못했던 허기가 밀려왔다.

꾸르륵. 꾸르륵.

"하! 기껏해야 고작 1시간 남짓 지났을 뿐인데 배가 이리도 고프다니……."

자신이 산을 올랐을 때를 감안하면 이제 여명이 터 오는 시각이라 많아야 채 2시간도 되지 않았을 것 같았다.

아니, 1시간도 많이 쳐준 것 같았다.

좌선에 들고 금방 깼으니 말이다.

그런데 이리도 지독한 허기라니.

마치 며칠을 쫄쫄 굶은 것 같은 기분이었다.

'어제 저녁밥을 충분히 먹었는데…… 이해할 수가 없군.'

뭐, 당연한 얘기지만 몰아의 경지에 이르면 그 과정에 대해 아무런 기억도 하지 못할 수도 있긴 했다.

만약 깨달음이 있었다면 신체의 변화에서 가장 먼저 감각이 다름을 느끼게 된다.

그런데 그게 전혀 없었다.

다음은 기억 대신 뇌의 명령에 따라 몸이 반응하는 것이다.

그조차도 없다는 것은 헛일을 한 셈이란 얘기다.

아무리 정수리에 불거진 혹의 통증과 벌거벗은 몸에 정신을 빼앗겼다고 해도 자신의 변화를 모를까?

자연 만족한 게 없다 보니 얼굴이 그리 밝지 않은 담용이었다.

'쩝, 고작 1시간이라니.'

차크라 수련 때도 서너 시간은 족히 걸렸던 것을 생각하면 이번 좌선은 대실망이었다.

시간이 얼마나 지났는지 정확히는 몰랐지만 눈을 떠 보니 바닥에 자빠져 신음을 흘리고 있는 자신을 발견한 것이 전부라니.

'내가 점프라도 한 건가?'

정수리에서 은은한 통증이 왜 생겼는지만 의문으로 남았다.

마왕굴 천장에 세차게 부딪쳐서 그런지 아니면 잘못된 좌선의 후유증인지 도통 알 수가 없었다.

게다가 2차 각성 때와는 달리 차크라의 운기 과정은 물론 선인의 기억조차도 전혀 없었다.

퓨즈가 나간 듯한 기분이 이럴까, 아니면 가위로 싹둑 잘라 낸 기분이 이럴까?

이래저래 이번 좌선은 아니함만 못한 결과가 되어 버린 것.

허탈도 이런 허탈이 없었다.

그나마 2차 각성 때는 힘이 넘치고 의욕이 마구 생기기라도 했지만, 지금은 아예 그런 느낌은커녕 실패한 것치곤 의외로 심신이 담담하다는 것 외에는 이전과 바뀐 게 아무것도 없었다.

'대체 뭐가 잘못된 거지?'

분명히 선인의 예시가 있었건만 말짱 허사라니.

꼬륵. 꼬르륵.

몇 끼 굶어도 공복감을 잘 느끼지 못했던 담용에게 먹을 것을 채워 달라고 자꾸 보채는 현상도 전에 없던 일이었다.

'후우, 엔간히 보채라.'

기분도 꿀꿀해서 웬만하면 참고 싶었지만 원초적 본능의 발악은 항거할 수 있는 게 아니었다.

'근데 옷은 어디로 간 거지?'

분명히 옷을 입고 좌선에 들었건만 벌거벗은 몸이라니.

'혹시 1시간 사이에 변화가 있었던 건가?'

예를 들면 무협에서 등장하는 기연이 있었던지 말이다.

'훗, 행여나……..'

몸이 붕 뜨지도 않았고, 힘이 더 불끈해지지도 않았으니 긍정의 힘을 억지로 짜낸다 해도 상식에 어긋나는 일이었다.

'흠, 일단 시험이라도 해 볼까?'

벌거벗었다는 것은 까닭 없이 생긴 일은 아닐 것이다.

더구나 실오라기 하나 남기지 않았다는 것은 의문을 더 가중시켰다.

'분명 무슨 일이 일어나긴 했다는 뜻인데……'

의문을 풀려면 초능력 수법을 시전해 보면 될 일이었다.

그런데 그에 앞서 지금은 너무 배가 고팠다.

'후우, 우선 뭐라도 먹자.'

일단은 몸이 시키는 본능에 충실하기로 했다.

약간의 간식을 가져오길 잘했다는 생각에 담용은 곧 바나나 두 개와 쑥떡 한 팩을 늘어놓고 천천히 음미하며 먹기 시작했다.

배가 고프다고 게 눈 감추듯 먹어 댔다간 탈이 나기 십상이라는 것을 누구보다도 잘 아는 담용이었다.

바나나야 역삼동 집에서 먹다가 남았던 것이었고, 쑥떡은 추운 날 새벽같이 나와 역삼지하철역 입구에서 발을 동동거리며 팔고 있던 아주머니한테서 2천 원을 주고 산 것이었다.

2단계 차크라

와르르르릉-!

차크라를 운기하자마자 때아닌 천둥이 일었다.

'엉?'

허기진 배를 채운 후, 그래도 혹시나 싶어 차크라 운기에 들었던 담용은 기운을 일으키자마자, 느껴지는 기현상에 심장이 '쿵' 하고 떨어지는 기분이었다.

'뭐, 뭐……지?'

마치 온갖 이물질들로 꽉 틀어 막혔던 하수도가 천둥소리에 한꺼번에 뻥 뚫린 느낌이랄까?

아니, 실제로 나아가고 있었다.

차크라의 거칠 것 없는 질주에 지나는 통로마다 한 점의

거리낌 없이 시원해지는 기분이었다.

신호등도 없고, 건널목도 없고, 속도제한도 없는 곧게 뻗은 고속도로를 무한히 질주하는 것만 같은 기분이었다.

너무 잘 나가다 보니 오히려 당혹감이 들 정도였다.

전신이 전에 없이 상쾌해지고 뇌가 영활해지면서 머리도 명경지수처럼 맑아진 기분이었다.

'하…….'

기분 좋은 탄성이 절로 나왔다.

불안감이 없지 않았지만 그보다는 기쁨이 몇 배나 더 커졌다.

'정말…… 무슨 일이 있었던 거야?'

스스로에게 되묻지만 기억나는 게 전혀 없었다.

고작해야 1시간여 사이의 변화에 뭘 기대한단 말인가?

그렇게 의문부호를 달고는 있지만 감각에 느껴지는 것으로 보아 신경전달물질이 엄청나게 활성화된 것 같았다.

무슨 증거가 있어서가 아니라 전과 다르게 그냥 확연히 느껴졌다.

신경전달물질.

신경에 전기를 흐르게 하는 스위치와 같은 역할을 한다.

당연히 이와 결합하는 수용체가 적절한 기능을 했을 때, 그 효력을 십분 발휘한다.

그렇지 않으면 신경 정보는 효율적으로 전달되지 못한다.

그런데 지금 담용의 상태는 일반인과 확연한 차이를 보이는 것이 그런 조건들을 무시한 일방통행이나 다름없었다.

우르르르릉.

무지막지한 소음은 여전했고, 차크라의 무한 질주는 담용이 굳이 의도하지 않아도, 아니 이끌지 않아도 제 길을 알아서 가고 있었다.

이전의 차크라 운기와는 전혀 다른 성질의 익숙지 않은 기운에 담용의 불안한 마음은 이제 시작점임에도 불구하고 더 가중되고 있었다.

고로 이대로 가만히 지켜만 보고 있을 수는 없는 일이었다.

제멋대로 날뛴다고 보기에는 어렵지만 동할 수밖에 없는 호기심이 담용을 움직였다.

'어디……'

불안한 나머지 슬쩍 건드려 보았다.

퉁.

'헐, 오히려 밀어 내?'

통제하려고 드니 되레 간섭하지 말라는 식으로 밀쳐 내 버렸다.

꼭 '날 좀 내버려 둬.'라고 매정하게 말하는 것 같았다.

워낙 거세게 반항을 하니 담용도 가만히 내버려 두는 것이 더 나을 것 같다는 생각에 지켜보기로 했다.

'성질이 완전히 달라졌어.'

확연하게 느껴지다 보니 모르려야 모를 수가 없었다.

어쨌든 이대로 이상이 없다면 그만한 다행도 없을 것이다.

지금 느껴지듯 차크라의 기운이 보다 힘차졌고, 통로 또한 확대됨과 더불어 벽체 역시 튼튼해졌음은 의심할 여지가 없었기 때문이다.

그러나 아직은 시작에 불과한 시점.

갈 길이 멀었다.

담용의 신경이 예민해질 대로 예민해짐은 당연했다.

찰나, '불룩' 하는 느낌과 동시에 매끈하면서도 단단한 물체가 감각에 걸렸다.

'어? 이건 또 뭐지?'

미지의 강렬한 기운체의 돌연한 출현.

볼록 돌출된 느낌은 이질감이 분명했다.

그러나 이질감은 이질감이되 거부감이 들지 않았다.

그럴 것이 놈은 제집이라도 되는 양 차크라의 기운을 앞장서 인도하고 있어서였다.

투둑. 투두둑. 투두두두둑.

'윽.'

놈이 지날 때마다 차크라의 시작점인 꼬리뼈가 몸서리를 쳐 댔다.

둔중한 아픔.

고통이랄 것도 없는 무겁고도 둔탁한 통증이 느껴졌다.

하지만 곧 방광에서부터 대장이 무더운 여름날에 소낙비가 내린 것처럼 시원해졌다.

이어 청량한 박하 향이 휘돈다 싶더니 똬리를 트는 싸한 느낌이 찾아들었다.

'어?'

그런 현상에 담용이 흠칫했다.

'이, 이건…… 루트 차크라!'

박하 향으로 이것이 루트 차크라임을 알았다.

아울러 의도하지 않았음에도 심신이 절로 평안해지고 또한 대담해지는 기분이 들었다.

거기에 치골, 방광과 대장의 안정.

이 역시 루트 차크라의 기본 공능 때문임을 안 담용은 그걸 음미할 새도 없이 경악했다.

그 이유가 아랫도리의 그것이 불끈해지면서 열기를 토했기 때문이다.

'처, 천골 차크라!'

내심의 경악이 이제는 환희로 바뀌었다.

아랫도리가 튼실해져서가 아니라 2단계 차크라, 즉 영능靈能의 단계에 접어든 것이 확실해져서였다.

마음 같아서는 만세 삼창이라도 부르고 싶었지만 지금은 꼼짝도 해서는 안 되었다.

신음조차 흘려서도 안 되는 중차대한 순간이었다.

천골 차크라는 배꼽 부분과 기해혈을 단속하더니 종족 보존의 본원인 성적 능력을 활성화시켜 놓고는 유유히 빠져나갔다.

'솔라 차크라.'

공부한 바가 있었으니 그다음 수순이 뭔지는 알고 있었다.

다만 '설마 2단계 차크라에 이를까?' 하며 의문만 가득한 채로 뇌리 저편에 접어 뒀던 경지였다.

이쯤에서 문득 떠오르는, 돌연히 나타났던 미지의 강렬한 기운체의 명칭이 생각났다.

'프라나!'

1단계 차크라를 이능異能의 단계라고 했다.

차크라의 기운이 밖으로 드러나는 실체가 곧 '나디'다.

2단계 차크라는 영능靈能의 단계다.

밖으로 드러나는 기운 또한 명칭이 달라서 '프라나'라고 불렀다.

거기에 더하여 '나디'의 성질이 부드러운 마음씨의 요정이라면 '프라나'는 이미 분노한 적룡으로 화해 있었다.

고로 두 단계는 성향 자체가 완전히 다른 것이었다.

이를 모를 리 없는 담용의 놀람은 극에 달했다.

'이런 기연이!'

담용은 기연이라고 표현했다.

그도 그럴 것이 꿈에서도 생각해 보지 않았던 영능의 단계에 접어든 것도 모자라 프라나까지 생성할 수 있었으니 이게 실제인가 싶었던 것이다.

꼭 꿈만 같아 볼을 꼬집고 싶은 생각이 간절했지만, 그럴 수 없다는 것이 안타까울 정도였다.

우릉-!

둔중한 울음이 토해지면서 프라나가 곧장 가슴뼈로 치달았다.

'솔라 차크라……'

초능력의 원천이 되는 에메랄드빛의 영롱한 보석이 형성되는 지점이었다.

프라나는 솔라 차크라에서 한동안을 지체했다.

이즈음 밖은 동녘이 트고도 한참이 지난 정오로 향하고 있었다.

콰르르릉-!

솔라 차크라에 이를 때까지 없었던 거대하고도 우렁찬 하울링이 터졌다.

순간, 담용의 가슴이 도드라지게 보일 정도로 '불룩' 융기했다.

'커헉!'

느닷없는 공격에 내심으로 비명을 지른 담용의 얼굴이 와락 일그러졌다.

인체의 급소인 명치로 사정없이 쳐들어온 프라나의 침입으로 인한 때문이었다.

'쿨럭!'

극도의 고통에 절로 마른기침이 튀어나왔다.

하지만 입을 열었다간 지금까지의 공로가 죄 허사로 돌아가기에 극고의 인내를 발휘해 참아 냈다.

이로 인해 당장 목숨을 잃는다고 해도도 후회가 없을 만큼 중요한 시점임을 알기에 담용은 전신을 부들부들 떨어 대면서도 입은 벌리지 않았다.

덜덜덜덜…….

고통의 이유가 명확한 것은 아래의 세 개 차크라, 즉 루트, 천골, 솔라와 위의 세 개 차크라의 중앙으로, 서로 다른 성질을 지닌 차크라를 이어 주는 부분이어서였다.

바로 영능 단계의 4번째인 하트 차크라다.

하트 차크라는 신체와 정신, 감정, 영혼을 연결해 주는 원천이라 할 수 있는 핵심 관문이었다.

하울링이 우렁찼다는 건 그만큼 충돌이 거셌다는 뜻이었다.

자연 심신에 가해지는 고통도 극에 달할 수밖에 없었다.

'아, 아…… 일곱 번째…….'

담용은 극한의 고통 속에서도 일곱이란 숫자를 기억했다.

기연의 충격에 이은 고통이 워낙 큰 탓에 깜박 잊었었다.

영능의 단계는 이능의 단계보다 한 개의 차크라가 더 존재함을 잊고 있었던 것이다.

이제 정중앙인 하트 차크라에 들었으니 차크라의 수가 아직 세 개나 남았다는 얘기였다.

'만약 일곱 번째 차크라를 완성할 수 있다면⋯⋯.'

일곱 번째 차크라는 신성한 영역이다.

인간으로서는 범접할 수 없는 경지이자, 영적 단계의 최고봉이었다.

정신이 번쩍 들었다.

신성한 영역을 코앞에 두고 잡념이라니.

프라나와 혼연일체가 돼도 닿을까 말까 한 경지가 바로 일곱 번째 차크라였다.

일모도원이란 말이 무슨 뜻인지 새삼 각인되는 것은 하루가, 한 달이, 일 년이 걸릴지 담용도 알 수 없어서였다.

'정신 차리자.'

담용이 극통에 가출하려 날뛰는 정신을 다잡았다.

통로의 고비였던 하트를 무사통과한 프라나의 질주는 거침이 없었다.

무자비한 프라나의 질주는 언어 표현 능력의 원천인 다섯 번째 스로트 차크라, 즉 일명 목구멍 차크라로 불리는 관문을 거침없이 쓸어버리며 곧장 눈썹과 눈썹 정 가운데인 미간으로 돌진했다.

쿠쿵―!

웅장한 울림이 뇌에 지진을 일으켰다.

'으윽.'

극통이 사라지자마자 쇠망치로 머리통을 한 대 얻어맞은 듯한 둔중한 통증이 수반됐다.

순간, 착각인가 싶을 정도로 담용의 미간에 눈이 나타났다가 금세 사라졌다.

제3의 눈, 즉 이미 예비되어 있던 삼안三眼이 활성화되면서 완전히 트였다고 보면 맞았다.

이는 마음만 먹으면 시선에 닿는 영역 전체가 담용의 눈을 벗어나지 못한다는 것을 의미했다.

투시도 당연히 삼안의 범주에 속했다.

한데 무한의 질주를 거듭하던 프라나가 마지막을 앞두고 멈칫멈칫했다.

마치 생명력이 있는 것처럼 조심스러워하기도 하고, 기웃 거리기도 하고, 염탐하기도 하는 모습이 호기심 많은 아이 같아 보였다.

그러면서도 프라나의 힘을 끌어모으는 영악함을 보이고 있었다.

마치 일전을 불사하겠다는, 생사대적을 앞두고 모든 전력을 동원하는 듯한 의지마저 엿보였다.

하지만 이제까지의 무지막지함을 자랑하던 프라나는 섣불

리 움직이지 않았다.

신중해진 이유는 마지막 일곱 번째 차크라인 크라운이 극히 미세하고도 민감한 미지의 영역이어서였다.

급한 사람은 담용이었다.

목마른 사람이 우물을 팔 수밖에 없어 강한 의지를 담아 소리쳤다.

'도전해! 도전하라고!'

담용은 자신의 의지를 보여 주듯 프라나에 염念의 힘을 한껏 보탰다.

울렁.

담용의 의지를 읽었는지 프라나가 반응을 보였다.

이에 힘을 얻은 담용이 연이어 염을 흘려보냈다.

'그래, 너와 나는 한 몸이야. 어서 움직여!'

우울렁. 울렁. 우울렁.

반응이 조금 더 격해졌다.

'힘내! 고오오오오-!'

기회를 놓칠세라 담용이 강하게 압박했다.

기왕에 여기까지 온 참이었고, 기호지세였다.

모험을 하지 않으면 안 되는 상황.

물론 담용이 한 것이라곤 차크라의 기운을 일으킨 것뿐이다.

그처럼 지금도 할 수 있는 거라야 고작 응원이 다였지만 손을 놓고 있을 수는 없었다.

으박지름이 아닌 간절한 마음을 담은 것은 당연했다.

꿈틀.

웅웅거리기만 하던 프라나가 담용의 응원에 감응했음인지 움직임을 보였다.

그러나 좀처럼 나아가지 않고 있었다.

이유가 있으려니 여긴 담용도 압박을 멈췄다.

잠잠한 프라나.

무슨 연유인지 꿈쩍도 하지 않았다.

그렇게 담용만 안타깝고 긴장된 시간이 한정 없이 흘렀다.

'⋯⋯.'

침이 마를 수밖에 없는 담용은 팽팽한 긴장의 끈을 놓을 수가 없었다.

끈을 놓치면 영영 돌이킬 수 없는 사태가 벌어질 것만 같아서였다.

그렇게 영겁의 시간이 흘렀을까?

슬금슬금.

여섯 번째 차크라에 이를 때까지와는 전혀 다른 행태를 보이며 느릿하게 기어가는 프라나였다.

지렁이보다 더 느린 꿈틀거림.

시간이 조금 지나자 그나마 꿈틀대던 느낌도 잠잠해졌다.

하지만 관조하고 있던 담용에게는 후두엽을 필두로 양 측두엽과 두정엽에 이어 전두엽까지 잠식해 들어가는, 조금은 이질적인 프라나가 느껴졌다.

지극히 조심스러운 행보의 결과는 그렇게 나타나고 있었지만, 어느 지점에서 또 멈칫거리는 프라나다.

까다로운 놈이 노리는 부위는 두정엽 정 중앙에 있는 경혈인 백회혈.

멈칫거리는 이유는 아마도 프라나 나름대로 공략을 하기 위해 준비하는 것이리라.

담용도 워낙 중요한 때라 여겼는지 의지를 보낼 생각조차 못 하고 각오만 다졌다.

담용과 프라나의 혼연일체.

그러나 자칫 삐끗했다가는 생사를 놓고 삐걱대는 사이로 변하는 극과 극의 관계이기도 했다.

'......'

숨이 막혔다.

숨이 막혀도 쉴 수 없다는 것은 담용의 의지가 아니라는 뜻이었다.

즉, 프라나에 의해 호흡이 강제되고 있는 상태라는 것.

그러나 뇌에 산소가 공급되지 않았음에도 담용은 정신을 잃기는커녕 오히려 관조가 더 명료해지고 있었다.

서로 일체가 되어 있다는 의미였다.

하지만 신색은 호흡을 하지 못해 얼굴은 붉어질 대로 붉어져 완전한 대추빛으로 변해 있었고, 흰자위의 실핏줄은 툭툭 불거져 금방이라도 피를 분사해 버릴 것만 같은 기괴한 모습이었다.

순간, '슈욱' 하고 프라나가 발진하는 느낌이 오면서 잠잠하던 프라나가 느닷없이 백회혈을 향해 돌진하는 것이 아닌가?

사전 징후도 없었던 무자비한 돌진은 백회혈과 사정없이 충돌했다.

쾅!

'커어억!'

뇌에서 말로 형언할 수 없는 엄청난 고통이 전해졌다.

각오는 했지만 각오를 무색케 할 정도로 강렬한 고통일 줄이야.

이빨을 악다문 담용이 신음을 흘리면서도 관조만은 멈추지 않았다.

쾅! 쾅! 쾅!

거대한 폭발음이 연거푸 일었다.

프라나의 무차별 공격에 방어를 하던 백회혈이 마침내 '뻥' 하는 소리를 내며 와르르 무너졌다.

동시에 담용의 동공에서 초점이 사라졌다.

싸아아아…….

백회의 정점으로 향하는 통로를 통해 쓰나미처럼 밀려드

는 프라나.

펑! 퍼퍼퍼펑! 퍼퍼퍼퍼펑!

거침없는 프라나의 맹폭은 온갖 찌꺼기로 켜켜이 쌓아 놓은 바리케이드들을 무참히 짓밟아 버렸다.

순간, '파파팟' 하는 소음과 동시에 뻥 뚫린 백회혈에서 수천수만 개의 불꽃, 아니 헤아릴 수 없을 정도로 많은 보랏빛 연꽃이 허공으로 솟아올랐다.

폭죽과도 같은 장면은 허공에다 화려하고도 휘황한 수를 놓더니 이내 사방으로 비산했다.

비산의 정점에 다다른 향연의 끝은 연꽃들이 만개하는 것으로 절정에 다다랐다.

한동안의 절정이 끝난 연꽃의 축제는 이내 꽃비가 되어 내렸다.

'허어억!'

내내 막혀 있던 숨통이 그제야 터졌다.

'허억, 허억, 헉헉헉……'

참았던 숨을 한꺼번에 몰아쉰 담용은 곧 의식이 몽롱해지기 시작했다.

이는 프라나의 의도로서, 담용이 깨어 있는 것을 원하지 않아 나타나는 현상이었다.

즉, 완벽한 감응을 이루려면 담용의 기억과 상념 그리고 영혼을 장악해서 일치시켜야만 했기 때문이다.

이는 궁극의 영역에 든 프라나만이 그럴 자격이 있어서였다.

일치의 이룸은 곧 인간의 깨침과 고매한 자아, 영적 교감, 그리고 궁극의 신성한 영역으로의 연결과 소통의 완성이기도 했던 것이다.

어쨌든 프라나의 강제는 영상의 화면이 꺼지듯 담용의 망막에 비치는 피사체를 무채색으로 만들었다.

동시에 뇌의 감각도 사라졌다.

까무룩.

결국 담용은 그 자신의 의지와는 전혀 상관없이 그 자리에서 기절하고 말았다.

그들만의 착각

종로구 수송동 국세청.

오병헌 청장이 전화를 두 손으로 잡고는 쩔쩔매며 통화를 하고 있었다.

"아, 예, 예. 가능한 빠르게 조치하도록 하겠습니다. 그럼요. 거기에 대해서는 염려하지 마십시오. 통상적인 세무감사라고 하면 됩니다, 하핫. 예, 들어가십시오."

철컥.

"휘유!"

통화를 끝내고는 의자에 털썩 주저앉은 오병헌 청장이 손등으로 이마를 훔쳤다.

"코리코프라…… 여긴 또 왜 밉보인 거지?"

통화상으로야 고분고분했지만 이런 경우가 생길 때마다 영 마뜩지 않은 기색을 띠는 오병헌 청장이었다.

그렇지만 신경을 쓰지 않을 수도 없는 일인 것은 향후에 다가올 후폭풍이 만만치 않기 때문이다.

"코리코프라면 서평 그룹 계열인가?"

조사국 기획과장과 조사국장을 거쳐 청장에 오른 오병헌이라 코리코프가 토종 금융회사라는 것을 잘 알고 있었다.

아울러 꽤나 건실한 금융회사라는 것도.

그런 탓에 약간 고민이 됐다.

톡톡톡.

"어떤 방식의 조사가 좋을까?"

가능하면 일반 세무조사를 했으면 좋겠지만 윗선에서 그 정도로는 양에 차지 않아 할 것임이 분명했다.

아예 껍질을 벗기기를 원하는지 아니면 겁박만 하며 시간을 끌라는지 명확한 얘기가 없어 기준을 어디에 둬야 할지 애매한 부탁이었다.

그렇다고 되물어볼 수도 없는 일이라 오병헌 청장은 속으로 끌탕만 해 댔다.

"쭛, 정 국장과 의논해 봐야겠군."

자신이 청장에 오른 후, 국제조사관리관으로 있던 정종국을 조사국장으로 발령했으니 청사 내에서는 그래도 말이 통하는 몇 안 되는 부하 직원이었다.

그럴 것이 오병헌이 비록 국세청에서 잔뼈가 굵었다지만 행정고시 출신이라 대다수가 세무고시 출신인 직원들과는 그리 친한 사이가 아니었기 때문이었다.

'쯧, 어딜 가나 파벌이 문제야.'

국세청도 여느 부서나 다름없이 이 파, 저 파, 양파, 쪽파로 나뉘긴 매한가지여서 속을 드러내 놓기가 여간 조심스럽지 않았다.

특히나 이런 청탁은 약점을 드러내는 일이라 더 그랬다.

행정고시 출신인 정종국을 부른 이유는 거기서 기인한 바가 컸다.

결정을 내렸으면 머뭇대는 성격이 아닌 오병헌 청장이 인터폰을 눌렀다.

─네, 청장님!

"조사국장 좀 오라고 해요."

─알겠습니다.

잠시 후, 50 줄에 들어 보이는 민머리의 정장 사내가 들어섰다.

조사국장인 정종국이었다.

"부르셨습니까?"

"어, 어서 오게나. 그리 앉지."

"감사합니다."

"차 한잔할 텐가?"

"마셨습니다."

"그럼 나만 마셔야겠군. 갑자기 입안이 텁텁해져서 말이야."

"그럴 땐 커피보다 냉수가 좋습니다."

"그런가?"

비서가 떠다 놓은 냉수를 한 모금 들이켠 오병헌 청장이 정종국과 마주 앉았다.

"무슨 일이 있는 것 같군요?"

"그게……."

말을 꺼내기 주저하던 오병헌 청장이 턱짓으로 여의도가 있는 방향을 가리키며 말을 이었다.

"좀 거시기 한 지시가 떨어졌다네."

"또 애먼 회사를 털라고 했습니까?"

"참나, 국세청이 무슨 권력자들이 심심하면 휘둘러 대는 전가의 보도라도 되는지 원……."

"뭐, 안 들어줬다가는 좋은 꼴을 보긴 어렵겠지요. 발원지는 어딥니까?"

"채무경 의원일세."

"또요?"

끄덕끄덕.

"잘 알잖나, 우리로서는 그 양반 한마디에 꿈쩍할 수가 없는 처지란 걸."

"젠장. 재정경제부와 기획예산처를 꽉 틀어쥐고 있으니⋯⋯."

1997년 외환위기를 맞으면서 재정경제원으로 통합되었던 것이 이번 정부가 들어서면서 다시 재정경제부와 기획예산처로 재편된 상황이었다.

그 예하에 있는 국세청 정도야 좌지우지하는 건 여반장일 법도 했다.

"쿵, 그래도 너무 지나친 것 아닙니까? 청탁, 아니 압박을 해 대는 게 대체 몇 번짼지 그 양반이 알고 있기나 한 겁니까?"

영 못마땅했던지 인상을 잔뜩 구기던 정종국이 다시 물었다.

"이번에는 어디가 타깃입니까?"

"코리코프일세."

"에? 코, 코리코프요?"

"왜? 문제가 있나?"

"아, 그게⋯⋯ 좀 시기가 묘해서요."

"응? 자세히 말해 보게."

보고받은 바가 없었기에 오병헌의 눈에 호기심이 비쳤다.

"정리가 되면 보고를 드리려고 했습니다만, 강남세무서에서 보고가 들어온 것이 있었습니다. 그리고 그 이튿날에는 전산실에서도 같은 보고가 들어왔고요. 그래서 파악해 보니……."

"파악해 보니?"

"방금 말씀하신 코리코프에 열흘 전쯤 5천억 원이 투자됐다는 내용이었습니다."

"뭐? 오, 오천억?"

"예. 이 어려운 시기에 워낙 큰 금액이라 금방 노출돼서 촉수에 걸렸지요."

"엄청난 금액이군. 어디서 들어온 건가?"

"투자회사는 YTY홀딩사이고 자금 출처는 파나마국립은행이었습니다."

"정상적으로 투입된 자금인가?"

"속내야 어떨지 모르지만 겉으로 보기에는 하자가 없습니다."

"정당한 루트를 통한 투자금이란 얘긴데……. 근데 그게 문제가 되나?"

"아, 채무경 의원이 그걸 알고 세무감사를 요청한 게 아닌가 하는 생각이 들어서요."

"흠, 그럴 수도 있겠군."

채무경의 끄나풀이 국세청에도 없으리란 보장이 없으니 정보가 샜을 수도 있어서 하는 말이었다.

'권력층들의 해바라기들 같으니…….'

내심 못마땅했지만 오병헌이 부임하기 훨씬 이전부터 생

성된 세력이라면 손을 댈 수 없다는 걸 모르지 않았다.

"뭐, 정보라도 들은 게 있습니까?"

절레절레.

"없네. 그냥 코리코프에 실사단을 보내라는 얘기뿐이었네."

실사단을 현장에 투입한다는 것은 실지 조사라는 뜻으로, 세무감사 중 강력한 조치에 속했다.

"아무런 잘못도 하지 않은 회사에 실사단을 보내는 것은 너무 지나치군요. 자칫했다간 구설수에 오를 수도 있습니다. 만에 하나 문제가 되기라도 하면 채무경 의원이 나서 줄 위인도 아니고 말입니다."

"그래서 방법을 물으려고 부른 거잖나."

"끙. 뭐, 자리를 보전하려면 하긴 해야겠지요."

"그러게. 자네라면 어떤 방식이 좋겠나?"

"일반 세무조사로는 채무경 의원이 만족치 않을 겁니다."

"그게 문제라서 그래. 그쪽에서 사람을 붙이겠다고 했거든."

"예? 감시자를 보내겠다고요?"

"녹록한 인물이 아니니까."

"제아무리 여당 실세라고 해도 그렇지, 너무 심한 거 아닙니까?"

"쩝. 자네가 이 자리에 앉게 되면 그땐 내 심정을 알 걸

세."

"아니, 정치인이면 정치나 잘할 것이지, 대체 어느 부서까지 간섭하겠다는 겁니까?"

"됐네, 지금 자네의 흥분한 마음을 받아 줄 만한 기분이 아니라네."

"아, 죄, 죄송합니다."

정종국도 자신이 너무 흥분해 막말을 내뱉었음을 인지해 고개를 숙여 보이고는 말했다.

"그렇다고 딱히 드러난 문제도 없는데, 실지 조사라는 강력한 조치를 취할 수는 없지 않겠습니까?"

"그렇지."

"그럼 일단 코리코프 측에다 실사 통보를 먼저 하는 건 어떻겠습니까?"

"먼저 통보를 한다고?"

"예."

"그건 실지 조사의 의미가 아니잖나?"

실지 조사란 납세자의 사무실이나 사업장, 공장 또는 주소지 등에 직접 출장하여 해당 납세자 또는 관련인들을 상대로 실시하는 세무조사를 말했다.

"그렇긴 하지만 코리코프 측에도 인맥이 있지 않겠습니까?"

"아, 아……."

대번 무슨 뜻으로 한 말인지 알아차린 오병헌 청장이 말했다.

"서평 그룹이라면 여당이든 야당이든 끈 하나는 가지고 있겠지."

"그렇죠. 그럼 서로 협상하지 않겠습니까? 저희는 그동안 실사 준비를 하는 척하면 되고요."

"호오, 그거 괜찮은 방법이군."

"이래저래 어렵다면 그때 가서 실사를 하면 되고요."

"그렇게 하지. 그럼 그 건은 정 국장이 알아서 해결해 주게나. 다만 서평 그룹도 만만치 않은 세력이 있을 것을 감안해 추이를 보면서 진행하게."

"당연히 권력 싸움에 끼어서 곤란을 겪으면 안 되겠지요."

"알고 있다니 다행일세. 보고하는 건 잊지 말고."

"알겠습니다."

종로 중추회 사무실.

웅성웅성.

회합이 끝났는지 2층 회의실을 빠져나오는 사람들이 제법 많았다.

일전의 살인 벌 떼 공격 이후, 중추회의 활동은 확실히 주춤해져 전보다는 많이 쪼그라든 건 사실이었지만, 오늘은 모인 면면들이 제법 많았다.

가장 바쁜 사람은 이들을 배웅하고 있는 총무, 장무수였다.

"수고가 많으셨습니다. 안녕히들 가십시오."

"장 총무, 수고가 많았네."

툭툭툭.

장무수의 어깨를 두드리는 사람은 LD유통의 진건만 사장이었다.

"어이구, 진 사장님, 별말씀을요. 제가 당연히 해야 할 일인데요."

"이제 주춤했던 회합이나 활동을 다시 재개한다니 다행일세."

"분위기가 조금 가라앉았으나 계속 움츠리고 있을 수는 없지 않겠습니까?"

"그렇지. 내 돌아가는 즉시 활동에 필요하다는 자금을 보내 주도록 하지."

"감사합니다."

"감사는 무슨. 미야자와 님이 중추회 멤버들의 기업에 호의를 베풀어 대일본 수출 시장을 열게 한 건 회장단의 노고가 있었기 때문인 게 사실이잖나? 그게 어디 돈 없이 할 수 있는 일이겠는가?"

"하핫, 그리 생각해 주시니 보람을 느낍니다."

"허허헛, 근데 아까도 말이 잠시 나왔지만, 기부금이 좀 세다는 생각은 여전하네. 이는 나만이 갖는 생각이 아닐세."

"기부금이 많아서 이익이 없다는 말입니까?"

"뭐, 손해랄 것까지는 없지만, 이윤이 박해지는 건 사실이네."

"아, 예……."

장무수도 차포 떼고 나면 남는 게 없음을 모르지 않아 고개만 끄덕거렸다.

"잠시만……."

진건만이 우군을 찾느라 곁눈질을 하다 때마침 친하게 지내는 HY상사의 우기택이 지나치고 있는 것을 보고 소매를 잡았다.

"이보시오, 우 사장."

"아, 진 사장."

"우 사장은 좋겠소."

"허어, 뜬금없이 뭔 말이오?"

"수출 회사이니 이번 회합에서 제일 큰 덕을 본 사람이 당신이니 하는 말이외다."

"하이고, LD유통에 비하면 내가 가진 회사야 구멍가게 수준인데 뭔 말이 그렇소?"

"그래도 내실을 따지면 알짜잖소? 더구나 수출 실적에 따른 지원금을 융통할 수도 있잖소?"

"그거야 진 사장도 마찬가지 아니오?"

"허헛, 그건 그렇고 기부금이 좀 많다고 여기지 않소?"

"아, 안 그래도 그 문제에 대해선 따로 의논이 있어야겠다는 생각을 하던 참이었소."

"그렇지. 이보게, 장 총무, 들었는가?"

기부금 얘기가 나오자, 삼삼오오 짝을 지어 나가려던 사람들이 슬금슬금 모여들더니 장무수를 빙 둘러쌌다.

이는 기부금 액수, 그러니까 수익 대비 기부금 비율이 부담스럽다는 증거였다.

살짝 당황한 장무수가 급히 입을 열었다.

"저, 저기, 그 건에 대해서는 제가 왈가왈부할 수 있는 일이 아닌 것 같습니다. 회장단에 문의를 하셔야……."

"뭐, 그렇긴 하지만 장 총무가 우리 뜻이 이렇다는 분위기를 잡아 주면 좋겠네. 분위기가 형성되면 신호만 주시게. 그다음부터는 우리가 알아서 할 테니까. 안 그렇소, 여러분?"

"맞소!"

"동감이오!"

"그거 보라구. 그러니 애 좀 쓰시게나."

"휴우, 알겠습니다. 일단 건의는 해 보겠습니다."

"좋으이. 이제 죄도 없는 장 총무를 그만 괴롭히고 갑시다들."

장무수의 어깨를 두드려 준 진건만이 우기택을 끌며 돌아섰다.

"하긴 장 총무가 결정할 일은 아니지. 난 먼저 가오."

"나도 밀린 업무가 많아서리……."

"나 역시 그렇소."

"원 회장, 같이 갑시다."

그렇게 장무수를 둘러싸던 사람들이 서둘러 자리를 떠났다.

장무수의 보고를 받은 황정곤이 미간에 내 천川 자를 그리며 콧등을 실룩거렸다.

"기부금이 많다고 야단들이라고?"

"예, 회장님."

"거참. 이미 합의가 다 끝난 일이거늘 뒤늦게 웬 뒷담화란 말인가?"

"우리 중추회는 회원들의 회비로 꾸려 가고 있는 입장이니 말씀이라도 드려 보는 건 어떨지요?"

"그건 곤란해. 기부금은 국화와 칼에 대한 우리의 충성도이자 미야자와 님에 대한 존경심을 드러내는 바로미터라는 것을 잘 알면서 그러나?"

"저야 잘 알지만……."

"더구나 그냥 무턱대고 내놔라는 것도 아니고 수출할 수 있는 길을 열어 준 후에 기부금을 요구하는 것이잖나? 아무리 이익에 민감한 기업인들이라지만 거기서 조금 떼 달라는 건데 그게 그렇게 어려워?"

"……."

"그리고 이번 한 번만 할 것도 아니잖나? 다음이 있다는 걸 왜 생각 안 해?"

"그때마다 기부금을 내야겠지요?"

"당연하지. 장 총무는 이걸 알아야 해."

"……?"

"기업인들이란 단돈 1원이라도 이익이 있는 곳에 침을 흘리는 작자들이야. 기부금에 대해 전부 오케이 한 것만 봐도 알 수 있지. 만약 손해였다면 기부금 얘기가 나왔을 때 곧바로 의견을 냈을 테지."

"저는…… 기업의 생리에 대해 잘 몰라서요."

"내 전직이 경제부 기자였다는 걸 알지?"

"그럼요. ○○경제신문의 주필 출신이잖습니까?"

신문사의 주필이라 함은 신문이나 잡지 등 정기간행물의 편집 방향과 기사 게재 결정 여부를 주관하는 최고 책임자를 일컫는 말이며, 아울러 오랜 기자 경력을 거친 뒤 편집 관리 직책을 역임하여 관록과 능력은 물론이고, 덕망과 지식을 겸

비한 인격자라야만 앉을 수 있는 자리였다

"그래서 말이네만, 그들이 비록 이익이 박하더라도 손해를 보지 않는 이유는 우리나라가 수출 기업에 대해 지원하는 정책이 많기 때문이라네."

"아⋯⋯."

"그래, 자네도 조금은 알 테지. 뭐, 직접적인 지원금이야 WTO의 보조금 지급 금지 조항에 위배되기에 수출 기업에 직접적인 보조금 지급은 할 수 없네. 그 대신 정부에서는 수출 기업 육성과 수출 기업의 역량 강화, 마켓팅 지원 그리고 시장 개척 활동 등을 지원하고 있다네."

간접적 지원에 힘을 싣고 있다는 얘기.

"그뿐만 아니라 수출 기업에 대해 중소기업진흥공단과 소상공인시장진흥공단 또는 수출입은행 등을 통해 융자 지원을 하고 있다네."

"아, 하면 수출 실적에 따라 더 나은 지원을 받을 수 있겠군요."

"그렇지. 또 있네. 바로 신용보증재단과 기술신용보증재단 및 지역신용보증재단 등을 통해 보증 지원금을 받아 활용할 수도 있다네. 고로 수출 실적에 좋으면 좋을수록 기업 신용이 오르니, 대출 한도가 올라가고 대출 기간도 길어지겠지. 저금리도 덤이고."

"아, 아⋯⋯."

"그러니 그들의 말에 일일이 고민할 필요가 없는 거야. 정 못 내겠다면 회원 명단에서 삭제하게."

"아, 예."

"그리고 장 총무."

"예?"

"왜 이리 물러진 거야?"

"제, 제가요?"

"회장단에서 결정한 사안에 대해서는 불만이 들어와도 딱 끊어야지. 일일이 들어 주면 어떡하자는 건가?"

"그게…… 여태 그런 의견들을 수렴해 온 터라…….”

"그렇다면 이제부터라도 바꾸게. 앞으로 나와 일을 같이 하려면 그래야만 하네. 알았나?"

"알겠습니다."

조용한 어조였지만 강한 주장이 실려 있었기에 분위기에 휩쓸린 장무수도 얼떨결에 대답하고 말았다.

"그리고 저것 말일세."

황정곤이 벽에 부착되어 있는 육중한 금고를 가리켰다.

"언제 가지고 가겠다는 말은 없었나?"

"없었습니다."

"흠, 너무 부담스럽군."

"일본을 방문했을 때 말이 없었습니까?"

절레절레.

"일언반구도 없었네."

"채권이야 별문제가 없다고 해도 금동입불상을 반출하려면 꽤 신경이 쓰일 겁니다."

"국보급이라고 하니 반출하려면 그리 만만치 않을 게야. 만약 반출하는 데 도움을 요청해 오면 곧바로 내게 알리게."

"알겠습니다."

장무수의 고개가 크게 끄덕거려진 이유는 황정곤이 아직까지 각 부처 전반에 걸쳐 영향력을 행사할 수 있는 실력자였기 때문이다.

"아, 채권은 언제 가지고 간다던가?"

"아무래도 정부 발표가 있어야 하지 않겠습니까?"

"히메마사가 채무경 의원에게 손을 써 놨을 테니 곧 말이 있겠지."

"그러지 않아도 일전에 자금 일부를 거마비 용도로 꺼내 갔습니다."

"기름칠이야 기본이지. 아무튼 매번 당했다고 하니 그때까지 보관에 신경 쓰게."

"하핫, 자금이 여기 보관되어 있을 거라고는 누구도 생각지 못할 겁니다. 아니, 그 전에 그 누구도 이만한 거액이 우리한테 보관되어 있을 거라 짐작조차 하지 못할 겁니다."

"하긴……."

BINDER
BOOK

나디, 그 완전체

퍼뜩!

죽은 듯 숨도 쉬지 않는 것 같았던 담용이 무언가에 놀란 듯 눈을 번쩍 떴다.

'응?'

마치 잠시 졸다가 깨어난 것 같은 느낌에 일시 어떤 상황인지 분간이 가지 않았던 담용이 얼른 주변을 살폈다.

'아, 동굴······.'

금세 자신의 처지를 깨닫고는 재빨리 손을 더듬어 전신을 살폈다.

다행히 성장 방향이 뒤틀리거나 신체가 무너지는 일은 일어나지 않았다.

'휘유-! 옷도 그대로고.'

또다시 옷이 사라졌다면 심히 곤란해졌을 것이다.

'그나저나 아무런 느낌도 없군.'

제6차크라까지는 분명히 기억에 남았다.

하지만 제7차크라를 앞두고 고통만 심했다는 것이 기억에 남은 전부였다.

'어디……'

과정을 차근차근 반추해 보았다.

그러나 다시 떠올려 보아도 기억은 제6차크라에서 끝나고 있었다.

'도무지……'

3차 각성을 했는지 아니면 중도에 하차했는지 도대체가 분간이 되지 않았다.

'2차 각성 때는 분명히 기억에 남았었는데 이상하군.'

그런데 지금은 그때의 감정이 남아 있지 않았다.

좌선에 들어갔을 때, 기대했던 선인의 기억도 없었다.

단지 여느 때와 마찬가지로 좌선을 끝냈을 때의 기분, 즉 심신이 맑아져 있다는 것이 다였다.

더불어 무슨 까닭인지 2차 각성 때의 당연한 진실이라고 여겼던 문제점들이 하나둘 뇌리에 떠올랐다.

'이건 또 뭐지?'

굳이 떠올리지 않았음에도 주르륵 연결되는 문제점들의

나열은 한참이나 계속됐다가 사라졌다.

'하!'

결론은 그동안의 이론이 착각이었음을, 아니 책자를 지은 이들이 얼마나 허구를 말했는지를 단적으로 보여 주고 있다는 것.

그 와중에 담용이 깨달은 것은 이랬다.

－깨달음은 본질이 규정하는 창조적인 틀의 형성에 있다.

'그렇군. 차크라의 상으로 차크라를 그 틀 속에 가두어 두는 어리석음을 범함으로써 더 나아가지 못했던 거였어.'

이는 차크라의 양은 차고 넘쳤음에도 담용이 제대로 운용하지 못해 그 묘미를 극대화시키지 못했다는 뜻과 같았다.

그 탓에 2차 각성을 한 연후임에도 조금 무리한다 싶으면 호흡이 가빠지고 차크라가 달리는 현상이 나타난 것이다.

원인은 차크라가 원하는 바다에 온전히 내맡기지 못해 벌어진 현상이라는 것.

'흐름을 탈 수 있어야 했어.'

그것도 절로 자연스러움이 배어 티끌 한 톨도 어색하지 않을 만큼 감응하고 동화되어야 했음에도 담용은 욕심으로 인해 그러질 못했었다.

'쯧, 본질을 바꿀 수 없음에도 욕심을 부렸었어.'

눈에 보이는 현상을 초능력으로 이끌어 낼 수는 있지만 그 본질은 바꿀 수 없다.

이를테면 남자가 여자로 변장할 수는 있지만 여자가 되지는 못한다는 것이다.

차크라의 운기를 거둬들이면 본래의 모습으로 환원되기 때문이다.

'이걸 지금에야 깨닫다니…….'

꼭 그럴 마음은 없었다고 해도 지향하는 바가 그랬으니 초능력을 발휘할 때마다 무리가 왔던 것이다.

'그렇다면 지금은 어떨까?'

담용은 문득 차크라의 상태가 궁금해져 슬쩍 움직여 보았다.

우릉.

'이크.'

여전히 힘찼다.

'달라진 게 없는데?'

그 순간, '우르릉' 하는 울림이 배꼽을 지나 흉추까지 단숨에 치솟아 올라왔다.

'헉! 이, 이게!'

깜짝 놀란 담용이 얼른 운기를 멈췄다.

'뭐야? 이게…….'

그도 그럴 것이 운기를 멈추면 대개 배꼽 아래에 와서 멈쳤던 차크라다.

한데 등허리까지 치밀어 오르는 것이 아닌가?

'어, 어? 이건 또 뭐, 뭐지?'

갸릉. 갸르릉.

운기를 하지 않았음에도 누군가를 벼르듯 으르렁거리는 현상에 또 한 번 깜짝 놀란 담용이 황급히 차크라를 절단하듯 끊었다.

하지만 차크라는 담용의 의지를 아예 무시해 버리고는 미추에서부터 흉추를 지나 경추를 순식간에 돌파하더니 정수리까지 치솟았다.

이어서 정수리를 반환점으로 되돌아온다 싶더니 역순으로 밟아 어느새 미추까지 당도해서는 조용히 제자리에 똬리를 틀고 앉았다.

'이, 이게…….'

그야말로 황당한 현상이었다.

단 한 번도 없었던 일이라 어떻게 대처해야 할지 갈피를 잡지 못하고 있는 담용의 아랫배가 별안간 불룩해지는 것이 아닌가?

'윽, 이건 또 무슨 현상이지?'

불안한 생각이 뇌리를 가득 채울 때였다.

피슈슈슈.

풍선에서 바람 빠지는 느낌이 들면서 불룩했던 아랫배가

정상으로 돌아왔다.

그런데 조금은 허했던 아랫배가 돌처럼 단단해진 것 같은 느낌이 들었다.

'차크라! 차, 차크라 양이 더 불어났어.'

평소 겨자씨같이 작았던 차크라의 흔적이 지금은 수천 배나 커진 느낌이었다.

이건 늘상 느끼던 차크라의 감각이라 틀림없었다.

두 배? 세 배? 열 배?

실제라는 전제하라면 도무지 측정도 되지 않고, 감도 잡히지 않았다.

그렇다면!

'각성을 한 건가?'

아니면 차크라의 양만 풍부해진 건가?

불어난 차크라에 비해 정신은 이전 그대로인 느낌이어서 조금 헷갈렸다.

솔직히 정황증거가 없어 깨달음이 있었는지 알 수 없는 모호한 정신 상태라는 것이 맞다.

'어?'

갑자기 미추에서 시작된 청량한 기운이 전신으로 스며들고 있었다.

'이건 또⋯⋯.'

불안감이 슬금슬금 일었지만 머리끝에서 몸통을 지나 발

끝까지 순식간에 지나친 기운은 다시 되짚어 와서는 미추로 조용히 스며들듯 잠적해 버렸다.

'시원한데?'

마치 무더운 여름날에 차가운 물을 드럼통째 덮어쓴 것 같은 기분이었다.

이어서 몸과 뇌를 말끔히 세척한 것같이 심신이 전에 없이 맑아진 기분이 느껴졌다.

아울러 기억의 파편 들이 파노라마처럼 이어지면서 한도 끝도 없이 떠올랐다가 사라지기를 반복했다.

'이, 이게 대체 무슨 현상이야?'

단 한 번의 차크라 운기로 이뤄진 현상이 오히려 상식적이지가 않았던 탓에 모호한 마음만이 드는 담용이었지만 어딘가 낯이 익은 모니터였다.

'아, 아, 컴퓨터⋯⋯.'

줄줄이 떠올랐다가 사라지는 내용들은 담용이 기억의 저편에서 봐 왔던 컴퓨터 모니터의 내용들이었다.

'이럴 수가!'

이는 필시 기억의 저편에서 보고 들었던 내용들을 전부 기억하게 됐다는 신호라는 생각이 들었다.

담용이 비록 컴퓨터를 다루는 것, 즉 워드나 문서 양식, 포토샵, 엑셀 등이 서툴다지만 정보의 바다를 헤집는 것만큼은 누구보다도 열심이었던 사람이었던 터라 그 양이 실로 방대했다.

'어쩐지 조금은 익숙하다 싶었더니, 그때 보았던 정보들일 줄이야.'

분량이 방대한 만큼 파노라마는 한참 동안이나 이어졌다.

'하! 이러다가 뇌가 터져 버리는 건 아닌지 모르겠군.'

그런 생각이 들 때쯤, 뚝 하고 단칼에 무가 반 동강이 나듯 기억의 파노라마가 끊겼다.

'끝인가?'

하지만 곧 다른 기억들이 줄줄이 이어지기 시작했다.

'헛! 아, 아버지…… 엄마…….'

젊었을 때의 부모님 모습이 언뜻 비쳤다가 사라졌다.

그러나 담용의 눈에 아련한 그리움이 찾아들기도 전에 곧장 이어진 것은 벌거벗은 채 키를 쓰고 쫓겨난 어린아이가 엉엉 울고 있는 모습이었다.

'헉!'

갑자기 얼굴이 불에 덴 듯 화끈거렸다.

'맞아, 이불에 오줌을 쌌었어.'

어째 기억조차 없었던 어린 시절이 이제는 또렷이 떠오른 단 말인가?

'크윽, 엄마한테 종아리 맞는 것까지…….'

그것도 부지깽이로 맞으며 눈물 콧물을 짜내고 있는 모습이었다.

갑자기 얼굴이 화끈거렸다.

얼굴이 붉어질 대로 붉어진 담용이다.

그런 일이 있었던가 싶을 정도로, 그렇게 잊고 있었던 어린아이 때부터 이제는 이미 희미해져 까마득히 잊었던 시절을 지나 고등학교를 졸업할 때까지의 장면이 주르륵 흘러갔다.

이미지 영상은 고등학교 시절을 끝으로 끝맺음을 했는지 더 이상 나타나지 않았다.

"하아!"

한편의 드라마 같은 장면이 마치 자신의 일대기를 영화화 것처럼 생생했던 탓에 담용의 입에서 온갖 감정이 담긴 듯한 탄식이 흘러나왔다.

그러나 감상에만 젖어 있을 수는 없는 일.

'도대체 이 현상은 뭐지?'

정말 각성이라도 했단 말인가?

그런 이유가 아니라면 2차 각성 때도 일어나지 않았던 일이 벌어질 수는 없지 않은가?

뭐, 닿아 본 적이 없었으니 담용으로서는 당연한 의문일 수밖에 없었다.

하지만 그 증거를 확인하기 위해 선뜻 무언가를 시도해 볼 엄두는 나지 않았다.

막연한 생각이기도 하고 또한 혼자만의 착각일 수도 있지만 혹시라도 엄청난 일이 벌어질까 두려워서다.

담용을 주저하게 만든 것은 2차 각성 때의 경험이 있기 때문이었다.

이를테면 힘 조절이나 강도의 조절이 되지 않아 애를 먹었던 경험이 그것이었다.

더욱이 정신 계열에 변화가 없다는 점이 더럭 의심을 자아내기도 했다.

정신계 변화는 주로 대상 그 자체이기보다는 그 대상의 정신을 다루거나 자신의 정신력을 극대화하는 데 있다.

그렇다 보니 그 파급 영역 또한 방대할 수밖에 없었다.

'불안해.'

비약적인 성장이었지만 기분이 딱 그랬다.

'어쩌면 기억이 더 또렷해지고 육체만 완성된 건지도…….'

초능력은 정신 계열의 능력이었으니 차크라의 움직임으로 보아 충분히 그럴 수 있다는 판단이었다.

'하, 좋아해야 할지 말아야 할지…….'

반쪽짜리다 보니 허점이 많고 또 미비하다는 것이 뇌리를 온통 차지하고 있었다.

더해서 뭔가 1% 부족한 느낌도 들었다.

그 1%가 전부인 것도 같다는 점이, 심신이 전에 없이 맑다는 자체가 어딘가 부자연스러운 기분이기도 했다.

뭐, 괜한 우려인지도 모른다.

혹시라도 노이무공勞而無功이란 말처럼 애만 쓰고 보람이 없는 헛수고였을지도.

'쩝. 그래, 급할 건 없지.'

이는 시간을 두고 고민해 볼 일이었다.

만약 3차 각성을 했다면 섣불리 시험해 봐서는 안 된다.

담용의 경험으로는 1차 각성 때의 두 배 위력이 2차 각성이라면, 3차 각성은 2차 각성 그 몇 배 위력일 것이다.

그 어떤 사달이 벌어질지 모른다.

고로 섣부른 시연은 금물이었다.

2차 각성 때처럼 경험을 쌓고 더불어 숙련하면 익숙해질 일이었다.

'뭔가 변화가 있긴 한 것 같은데……'

이건 확실했다.

'무슨 꽃인지는 잘 모르지만 수천 개의 꽃이 흩뿌려졌던 것이 얼핏 기억이 나긴 해.'

기억이 안개처럼 모호하긴 했지만 그랬던 것 같았다.

은연중의 확신이었다.

이것은 누구도 대신할 수 없는 담용 자신만의 기억이었다.

만약 그랬다면 궁극의 7차크라를 열었다는 의미다.

'성공했다면 영규가 열렸을지도……'

제목은 기억나지 않았지만 중국어 판 초능력 관련 책에는 그렇게 쓰여 있었다.

비록 시중에서 흔히 구할 수 있는 책자였지만 영규통허靈
圭通虛에 이르면 영계와 선계를 볼 수 있는 단계라고 했다.

이 외에도 인간이 닿아 보지 못했거나 닿을 수 없을 거라
여겼는지 허구의 경지에 대한 말도 안 되는 수법들이 다양
했다.

그러나 목마른 담용에게는 그 어느 것도 그냥 흘릴 수가
없어 모조리 기억해 놨던 터였다.

'선계는 조금 허구인 것 같고 영계는 가능할지도.'

뭐, 그럴 것이라는 막연한 상상에 불과한 용어이긴 했지만
지금으로서는 그 용어가 적절하다는 생각이 들었다.

솔직히 이게 올바른지 그른지도 잘 몰랐다.

하나, 정작 담용이 간절히 닿고자 하는 경지는 따로 있었
다.

바로 차크라 큐브가 완성돼야만 도달할 수 있는 마인드 킹
Mind King이다.

물론 이는 서양식 표현이었고, 동양에서는 정신계 초능력
의 왕이라 칭했다.

아무튼 동서양을 막론하고 거론되는 차크라 큐브의 완성
이 궁극의 경지임은 틀림없었다.

이는 마음이 일거나 의지를 담는 즉시 모든 정신계의 능력
을 쓸 수 있다는 뜻으로, 경지에 이르면 그 위력 또한 범상치

않아서 약간의 염력으로도 다양한 수법은 물론 더블이나 트리플 수법을 무리 없이 시전하는 게 가능하다고 했다.

동시에 마인드 킹은 초능력자들의 최고봉을 두고 일컫는 칭호이기도 했다.

이른바 절대자, 즉 동의어로는 앱설루트인 것이다.

달리 표현하면 신의 영역에 발을 내디딘 자다.

단, 신의 영역에 이르려면 차크라 큐브가 완성돼야 한다는 전제 조건이 있었다.

"설마……."

문득 또 한 가지 뇌리에 떠오른 건 일본 영능력 책자에서 본 '그노시스'라는 용어였다.

절대 능력자를 의미하는 그노시스는 일본식 레벨 구분법으로 레벨 식스에 속했다.

그런데 그노시스는 불가능한 X시스템으로 규정해 5레벨을 한계로 제한하고 있었다.

'흠, 다시 자세히 찾아 읽어 봐야겠어.'

그나저나 차크라의 양이 기하급수적으로 늘어난 건 분명했다.

좌선에 들기 전만 하더라도 있는 듯 없는 듯 했던 차크라의 기운이 지금은 넘치도록 느껴지고 있는 것만 봐도 알 수 있었다.

그것도 순도 자체가 예전과는 월등한 차이를 보이고 있는 느낌이었다.

누군가 '멀건 국물을 오래도록 우려내서 진하고 뽀얀 육수가 됐냐?'라고 묻는다면 '그렇다'고 주저 없이 대답할 수 있었다.

그래서 욕심이 났다.

'마인드 스톰…… 가능할까?'

마인드 스톰.

차크라에서 시작되는 제반 초능력의 진원지를 말한다.

다시 말해서 모든 초능력이 폭풍 같은 위력을 지닌다는 뜻이다.

'지금 같은 기분이라면 충분히 가능할 것 같은데…….'

하지만 어딘가 모르게 조심스러웠다.

그 까닭은 그야말로 앱설루트의 경지에서도 궁극의 경지다다른 수법이 바로 마인드 스톰이었기 때문이다.

마인드 스톰은 반투명한 번개의 형상을 하며 정신계와 물질계 전체를 붕괴시키는 엄청난 수법이었다.

물론 진체인지 가체인지는 시연해 보기 전에는 알 수 없다.

다만 그런 수법이 있다는 것 자체가 담용으로 하여금 목표로 삼아 정진하게 했던 것만은 사실이었다.

'어디 한번…….'

담용은 발현시키기 전에 가능한지를 알아보기 위해 눈을

감고는 전두엽을 슬쩍 건드렸다.

한데, 뜻밖에도 담용의 뇌리로 전혀 떠올리지 않은 내용들이 주르륵 나열됐다.

'엉? 이건 또 뭐야?'

결단코 의도하지도 본 적도 없던 뇌리의 기억들이었다.

그럼에도 불구하고 원래부터 기억하고 있었던 양, 파노라마가 되어 자막에 나타났다가 사라지는 글처럼 빠르게 지나가고 있었다.

—진뇌전, 가뇌전, 진환사, 가환사, 염전사, 염풍사, 결계사, 심조, 심어, 심수, 순간 이동, 공간 이동, 염부, 염분, 폭환, 이그노얼, 파음, 분체, 열사, 시섬, 은폭, 산염, 염독, 분신, 토르, 열사, 파음, 고스트, 그라비티, 엽빙, 회복, 치유, 괴심, 최면, 심취, 심충, 환각, 지수, 천청, 지청, 천안, 심전, 투시, 투청, 독심, 부양, 운사 등등.

전혀 본 적이 없었던 생경한 용어들.

이외에도 수없이 많은 용어들이 마치 원래부터 기억하고 있었던 수법들이었던 양, 꼬리에 꼬리를 물듯 주마등이 되어 지나갔다.

마치 망각의 늪에서 겨우 건져 낸 기억의 조각들이 현실이 된 기분이었다.

'대체…….'

담용의 놀라움은 엄청났다.

그럴 것이 대개가 초능력 수법들임을 알 수 있었지만 처음 보는 수법들이 태반이었고, 또한 익히 보아 왔어도 막연하게 여겨 그저 웃고 넘겼던 수법들이었기 때문이다.

한데 기이하게도 이런 수법들이 지금은 한층 가까워지다 못해 친숙하기까지 느껴지고 있는 것은 왜일까?

줄줄이 나열되고 있지만 차례나 순서가 있는 것도 아니었고, 뭔 까닭인지는 몰라도 좌선하고 난 이후의 일임은 분명했다.

심상치 않은 심신의 이상 징후.

'확실히 무슨 변화가 있었음은 확실한 것 같군.'

다만 그것이 실감 나거나 실체화된 적이 없다는 것이 조금 의심스러울 뿐이었다.

의심은 다름이 아니었다.

용어만 주르륵 나열됐지 그에 따른 전개 방식이 나타나지 않았기 때문이었다.

'나더러 어떻게 하라고?'

잠시 멍했던 담용이 점점 우주 밖의 안드로메다로 향하고 있던 정신을 부여잡았다.

'환상이었나?'

피식.

짧은 웃음을 내뱉은 담용의 눈이 좁아졌다.

'내가 무슨 기대를 한 거야?'

실제였더라도 뭐든 공짜로 얻어지는 건 없다.

단순히 좌선에 들었다고 해서 엡설루트의 경지에 이르렀다는 건 지나쳐도 한참 지나친 감이 있었다.

'뭐, 감각이 공유되고 영혼이 이어진 상태라면……'

이게 3차 각성의 기본 툴이었다.

'못할 것도 없겠지.'

은근히 3차 각성을 기대하는 내심의 중얼거림이자 욕심이었지만 '그러기나 했었나?' 하는 물음표가 뇌리에 가득 찼다.

그도 그럴 것이 아무것도 느낀 게 없었고, 감각에 남은 것도 없었기 때문이었다.

상식적으로라면 좌선의 와중에 뜨겁거나 차갑거나 그게 아니라면 날카로운 통증이 있었다거나, 봄날같이 훈훈했다거나, 또는 가을 서리같이 시원했다거나 하는 느낌이 있어야겠지만 담용에게는 그 무엇도 남아 있지 않았던 것이다.

'쩝, 시간이 해결해 줄지도……'

이 모두가 선인의 안배로 이루어진 일이라면 의심할 여지가 없겠지만 확신이 없다는 게 진한 아쉬움으로 남았다.

다만 기억에 남은 것은 단 하나.

바로 프라나를 느꼈다는 점이었다.

아울러 그것이, 변화가 있다고 어렴풋하게라도 희망을 갖게 했다.

'절차를 밟는 과정일 수도…….'

가릉. 가르릉.

차크라가 요동을 치는 것은 여전했다.

마치 날 좀 어떻게 해 달라고 시위하는 것 같은 기분이었
다.

'그래, 까짓것 이렇게 원하니 살짝 시험해 보는 것도…….'

방금 전의 불안감이 차크라의 준동으로 인해 슬며시 꼬리
를 감췄다.

그러나 마음이야 빤했지만 차크라가 저리도 난리를 쳐 대
니 오히려 선뜻 발현시키기가 두려워졌다.

감당치 못할 정도로 늘어난 차크라로 인해 바위에 압사하
는 일이 벌어질지도 몰랐다.

고로 막상 실행하자니 주저되었다.

'설마 동굴을 무너뜨릴 정도는 아니겠지?'

우려하는 마음이 든 담용이 먼저 자연스럽게 나디를 발현
시킬 때의 익숙한 감각에 주력했다.

담용의 눈빛이 그윽해졌다.

차크라가 무형체라면 나디는 눈에 띄지는 않아도 유형체
라 할 수 있었다.

더욱이 나디와는 감응일체인 상태.

불러 보고 싶었다. 아니, 의지를 전하고 싶었다.

'나디······.'

담용은 가만히 의지를 전했다.

이어 차크라의 기운을 극히 일부만 떼어 낸다는 기분으로 나디의 기운을 조율하는 데 신경을 모았다.

으레 그래 왔듯 손을 통한 발현이라 신경이 그곳으로 쏠렸다.

한데, 정수리에서 후끈하는 감각 느껴졌다.

느꼈다 싶은 순간, 정수리가 열리는 기분이 들었다.

찰나, '불룩' 하고 몸속에 든 기운이 빠져나가는 느낌이 왔다.

'엉? 왜 손이 아니고 정수리지?'

그런 의문에 사로잡혔을 때, 난데없이 '불쑥' 하고 바로 코앞에 반투명 물질이 어른거리는 것이 아닌가?

흠칫!

'뭐, 뭐야?'

피하듯이 상체를 뒤로 물린 담용이 눈을 부릅떴다.

'웬 푸딩?'

무색의 푸딩 같은 부정형의 물체.

한시도 가만히 있지 못하고 몸부림치듯 형태 변환을 시도하고 있는 푸딩(?)은 타원형이 되었다가 별 모양이 되었다가 때로는 솜뭉치, 양털, 구체, 가로선, 세로선 등등 그 모양이 실로 다양했다.

'허엇!'

나디의 움직임이 격해질수록 차크라가 소모되는 속도가 빨라지고 있었다.

그렇지만 이전과는 달리 줄줄이 새어 나가도 그렇게 큰 영향을 주는 것 같지 않았다.

그만큼 차크라의 양이 풍부해졌다는 뜻이다.

'이것으로 확실해졌군.'

차크라의 양이 크게 늘었다는 것이 증명됐다.

담용이 별 반응이 없는 것을 알았는지 이번에는 나디가 급격한 변화를 보이기 시작했다.

그 모양도 섬뜩한 도끼로 변해 담용을 위협하더니 이내 대망치로 변형했다가 곧장 화살, 창, 도, 검, 대검, 방패, 갑주, 각종 암기 심지어는 사람 형태로까지 변했다.

주로 살상 무기인 냉병기들이긴 했지만 이는 마치 '나는 어떤 모양이든 변할 수 있으니 사용하고 싶은 대로 써 달라.' 하고 시위라도 하는 것처럼 보였다.

'뭐야? 자각이 있는 거야?'

그 말처럼 담용이 의지를 보내지 않았음에도 변환을 자유자재로 하고 있었다.

스스로 생각할 수 있는 영체靈體가 아니고서야 어찌 그럴 수 있을까?

그런 생각이 들자, 담용은 자신이 가진 지식을 바탕으로

한 것이 아닌가 하는 의문마저 들었다.

문제는 놈의 확실한 정체가 뭐냐는 것.

나디는 단 한 번도 그 실체를 드러낸 적이 없었기에 저게 나디라고 단언하기는 어려웠다.

하나, 나디 외에는 답을 구할 수도 없지 않은가?

'정말…… 나디니?'

끄덕끄덕.

'헐!'

장난처럼 읊조린 말에 반응을 보이는 푸딩의 모습에 담용은 경악했다.

곧이어 착시인 양, 담용의 물음에 대답이라도 하듯 세로로 쑥 몸을 키우고는 까닥거리기까지 하는 것이 아닌가?

'……!'

언뜻 사람 얼굴 모양을 한 것 같아 담용의 눈이 한껏 좁아졌다.

'방금…….'

담용의 표정이 일시 멍해졌다.

분명히 사람 형상이었다.

'좋아, 어디…….'

마냥 넋을 놓고 있을 수는 없어 손을 활짝 펴서 내밀며 의지를 전했다.

'이리 와.'

그러자 푸딩이 마치 원래부터 자신의 자리였던 양, 손바닥에 살포시 앉았다.

이어 오랫동안 함께 생활해 온 반려견처럼 부비부비하는 것이 아닌가?

"허······."

허파에서 바람 빠지는 소리가 절로 새어 나왔다.

농구공 크기여서 조금이라도 무게가 느껴질 거라 여겼지만 공기 그 자체인 듯이 무게감이 전혀 없었다.

'탱탱볼을 부풀려 놓은 것 같군.'

손바닥에 느껴지는 감촉은 촉촉하다는 것이 전부였다.

그러나 물기라곤 전혀 없었다.

나디는 자신이 형상화된 것에 신이 났는지 잠시도 가만히 있는 법이 없이 갖가지 형태로 변환했다.

눈이 다 어질할 정도여서 담용은 기가 막혔다.

이것으로 분명해진 점은 있었다.

바로 3차 각성.

아니라 해도 성공 여부를 떠나 차크라의 경지가 한 단계 진일보했다는 것.

나디가 확실하다면 그것을 형상화시켰다는 것 자체 또한 대단히 중요한 발견이자 진전이었다.

실룩실룩.

어느 정도 원하는 바를 이뤘다는 마음에 기분이 한층 좋아진 담용의 입이 귀밑까지 치솟았다.

이어 자각이 있는 존재라는 전제하에 드는 의문들.

"어이, 넌 뭘 할 수 있니?"

순간, 담용의 말을 듣기라도 했는지 구체 모형을 하고 있던 나디가 눈사람처럼 변하더니 고개를 갸웃거렸다.

"하하하하……."

그 모습이 하도 요상하고 귀여웠던 탓에 그만 웃음보가 터져 버린 담용이다.

"뭐든 할 수 있다는 뜻으로 이해하겠다. 보자. 음……."

그리 넓다고 할 수 없는 동굴이라 마땅히 시험해 볼 실험체가 없었다.

"그래, 찬 바람이 들어오지 않게 동굴 입구를 막을 수 있겠냐?"

'…….'

'엉?'

의지를 전했음에도 구체 모형의 나디는 꿈쩍도 하지 않았다.

아니, 여전히 까불거리기만 했다.

'인석이…….'

의문이 든 담용이 다시 한 번 의지를 전했다.

'나디, 찬 바람이 들어오지 않게 동굴 입구를 막을 수 있겠냐?'

'…….'

역시나 마찬가지다.

'젠장, 너무 기대했나?'

감응이 이어져 그의 의지대로 움직일 줄 알았던 것이 보기 좋게 빗나갔다.

너무 앞서나간 것 같은 마음에 실망했지만 기실 입구가 훤히 트이다 보니 동굴 안에 차디찬 기운이 만연한 상태였다.

"저걸 막아 버리면 좀 나을 텐데……."

중얼거리면서 동굴 입구를 막을 만 한 것이 없는지 살펴봤지만 달랑 가지고 온 색 하나가 전부였다.

한데 그때, 꿈쩍도 않고 눈앞에서 까불거리던 나디가 담용의 손바닥을 벗어나 동굴 입구로 향하는 것이 아닌가?

이어서 어지럽게 상하좌우를 몇 번 왕복한다 싶더니 이내 투명한 막이 형성됐다.

즉, 구체가 투명 비닐처럼 변해 동굴 입구를 막은 것이다.

차크라가 쑥 빠져나가는 느낌은 진즉에 있었다.

그러나 아직까지는 별로 소모된 기분이 들지 않는다는 점이 담용을 기분 좋게 했다.

어쨌든 찬 바람이 들어오지 않는 것은 다행이었다.

'하핫, 거미줄처럼 변한 게 아니라 완전히 틀어막다니…….'

슬쩍 호기심이 생긴 담용이 무릎걸음으로 다가가 투명막

을 문질러 보았다.

'호, 감촉 좋네.'

농도 짙은 구름을 만지는 기분이 이럴까?

'짜식, 진즉에 그럴 것이지.'

손가락으로 툭툭 두드려 보았다.

'엉?'

'퉁퉁' 하는 북소리를 기대했지만 아무런 반응도 없었다.

조금 더 세게 두드려 보았다.

한데 여전히 무소음이었다.

마치 소리를 잡아먹어 버린 것처럼.

'이럴 수가!'

세상의 진리와 이치를 역행하는 나디의 반응에 담용은 좋아해야 할지 말아야 할지 일시 판단이 서지 않았다.

나디는 차크라의 기운이 밖으로 드러난 실체라고 할 수 있다.

이는 차크라의 효용을 나디를 통해 그대로 구현할 수 있음을 뜻했다.

'하! 진리가 하나만은 아니라는 뜻인가?'

담용은 그렇게 해석했다.

달리 표현하면 나디 스스로 상상을 초월하는 능력을 지녔다고 과시하는 것이다.

'흠, 굳어진 상식을 허물어뜨린다?'

이거 괜찮다.

상식이 무너지다 보면 범죄 현장에 증거가 남더라도 추적 당할 일이 없다.

즉, 상식을 깨서 추리하지 않는다면 완전범죄까지 가능하다는 의미였다.

기왕에 이렇게 된 것 슬쩍 욕심이 났다.

단순히 저렇듯 기교만 가능한 것인지, 아니면 다른 용도로도 가능한지 궁금해졌다.

'뭐가 좋을까?'

자연이 훼손되지 않는 범위라면 당장 시험해 궁금증을 풀고 싶었다.

'아!'

마침 일찍부터 거슬리는 게 있었다.

다름 아닌 입구에 마치 울혈처럼 툭 튀어나온 바위 모서리였다.

저걸 깎아 내면 누구라도 드나들 때, 머리를 다칠 일은 없을 것 같았다.

'나디, 저걸 매끄럽게 해 줄 수 있어?'

'……'

'어? 왜 또?'

몇 번을 재촉해야 움직일 거라고 여긴 담용이 연거푸 의지를 전했지만 나디는 재롱만 떨 뿐이었다.

'하! 뭐가 잘못된 거지? 입구를 막았던 건 우연이었나?'

그건 아니었다.

'하긴 쉬울 리가 없지'

담용은 조금 전의 일을 곰곰이 되새겨보았다.

그러나 당장은 생각한 바를 의지로 전환해 전하는 것 외에는 뭐가 잘못됐는지 알 길이 없었다.

그러다가 문득 떠오른 것이 있었다.

'아, 아. 상상!'

조금 전 분명히 동굴 입구의 형태를 마음속으로 그리며 '저걸 막아 버리면 좋을 텐데.'라고 했었다.

정답을 찾은 것 같아 한 가닥 기대를 걸고 다시 시도했다.

'일단 바위 모서리를 상상한 다음……'

기형의 뾰족한 바위를 마음속으로 그리고는 의지를 전했다.

'나디, 저걸 반듯하게 해 봐.'

순간, 어느새 구체로 변한 나디가 담용이 원한 바위 모서리에 착 달라붙었다.

'역시……'

이것으로 의지를 전하기 전에 원하는 바를 상상해야만 나디가 움직인다는 것을 확신했다.

즉, 자율적인 사고까지 하기에는 아직 무리라는 얘기였지만 신통방통했다.

'거참, 신기하네.'

손가락으로 가리키지 않고 그냥 의지만 전했을 뿐임에도 입안의 혀처럼 노는 나디였다.

부스스스……

'헉!'

날카롭게 돌출됐던 바위가 삽시간에 먼지로 화해 공기 중으로 흩날리는 장면을 목격한 담용의 눈이 퉁방울처럼 툭 튀어나왔다.

아예 바위가 저절로 부식되고 있다는 표현이 맞을 정도로 급속도로 축소, 아니 소멸되고 있었던 것이다.

"어, 어?"

저도 모르게 소리를 지른 담용의 시선에 모서리 부분만으로는 양에 차지 않았던지 계속해서 바위가 산화(?)되고 있는 장면이 보이는 게 아닌가?

비례해 시야를 가릴 정도로 먼지가 수북하게 흩날렸다.

'윽, 먼지.'

"그만! 그만하라고!"

뚝.

'엥?'

'고' 자가 끝난 순간, 나디가 담용의 정수리로 옮아 온 것이 느껴졌다.

동시에 뿌옇던 먼지가 거짓말처럼 사라지고 시야가 밝아

졌다.

'거참…… 무지 빠른 녀석일세.'

일단 말을 잘 알아듣는 것 같아 다행이란 생각이 들었다.

담용 자신에게 종속된 영체 같은 기분이라 나쁘지 않았다.

'어디 보자.'

담용은 마치 부식된 것처럼 보이는 바위 표면을 문질러 보았다.

'호오, 매끈한걸.'

보기와는 다르게 그라인더로 갈아 표면처리를 해 놓은 것 같았다.

이어 바닥에 쌓인 가루를 집어 문질러 보니 밀가루처럼 부드러웠다.

'내려와.'

손을 내밀자, 역시나 말귀를 알아듣는지 담용의 손바닥에 살포시 앉는 나디였다.

'하!'

다시 봐도 귀가 막히고 코가 막힐 일이었다.

그나저나 기교도 확인이 됐고 다른 효용이 있음도 파악이 됐다.

이것만으로도 대만족이었지만 뭔가 5% 모자란 기분이 들었다.

'그래, 파괴력은 어떨까?'

그런데 동굴 안이라 파괴력을 시험할 만한 마땅한 게 없었다.

괜히 객기를 부렸다가 마왕굴이 무너지기라도 하면 낭패였다.

모르긴 해도 산행객들이 마왕굴이 손상된 걸 보고는 오며 가며 욕을 해 댈 게 빤했다.

그래서 불확실한 모험은 패스.

그렇더라도 이제 조종법을 알았으니 써먹어야지.

'뭐, 아쉽지만 돌멩이라도…….'

동굴 바닥에 지천으로 깔린 주먹만 한 돌을 집어 들었다.

'꽤 단단한걸.'

암석의 종류는 모르지만 결이 나 있는 것으로 보아 편마암이 아닐까 싶었지만 손아귀에 느껴지는 감촉은 그랬다.

'나디, 이거 부술 수 있어?'

불쑥!

의지가 전달되자마자, 구체였던 나디가 커다란 망치로 변신(?)했다.

'엉?'

퍼석!

일말의 여지도 없이 돌멩이를 박살 내 버린 나디가 또다시 정수리가 제자리인 양, 떡하니 올라앉았다.

마치 아무 일도 없었다는 듯, 어찌 보면 능청스럽다고나

할까?

'하! 이 녀석······.'

의지만 전달되면 그 즉시 가차 없이 실행해 버리는 나디가 일면 무섭게 느껴지는 담용이다.

'이거····· 좋아해야 해, 말아야 해?'

담용은 나디와 조금 더 친숙해질 필요가 있음을 절감했다.

어쨌거나 비록 작은 돌덩이일망정 파괴력은 증명이 됐다.

물론 어디까지 가능한지는 알 수 없었지만 돌덩이를 부쉈다는 건 결코 작은 일이 아니었다.

'근데 갑자기 목이 마르네.'

혓바닥으로 침샘을 자극해 봤지만 거기도 말랐는지 찔끔 나오다가 말았다.

'페트병의 물은 진즉에 떨어졌고······.'

담용은 조금 더 참아 보기로 했다.

여기서 담용이 더 상상을 이어 가지 못하고 포기한 점은 아쉬운 부분이었다.

담용이 물을 상상하며 나디에게 의지를 전했다면 임무를 충분히 수행할 수 있음을 놓친 것이다.

아무튼 지금이 아니면 나디의 활용도를 시험해 볼 시간이 별로 없을 것 같다는 생각에 담용은 자신의 얼굴을 더듬었다.

'변장도 가능할까?'

사실 그동안의 변장은 단순하기도 했지만 어색한 감이 적지 않았다.

나디를 이용해 얼굴을 주물러 모습을 바꾸거나 또는 중국에서처럼 꼽추로 변신하는 일은 결코 쉬운 스킬이 아니었지만, 그보다 더 큰 이유는 담용 자신이 무지 불편했기 때문이다.

이유는 자연스럽지 않은 억지스러움에 있었다.

그렇다 보니 차크라의 소모가 많음은 물론 유지하는 시간도 턱없이 짧았던 것이다.

'지금은 차크라도 충분하고 나디도 한 단계 발전했으니 더 세밀하게 변신할 수 있지 않을까?'

생각은 곧장 실행으로 옮겨졌다.

'나디, 나를 노인으로 변신시켜 볼래?'

순간, 나디가 담용의 얼굴을 덮었다.

이어 얼굴 마사지를 받는 기분이 들고 머리가 근질거린다 싶더니 이내 감각이 사라졌다.

'벌써?'

기껏해야 5초도 지나지 않아서 나디는 제자리(?)인 정수리로 돌아갔다.

'어디?'

두 손으로 얼굴을 만져 보니 쪼글쪼글한 주름이 만져졌다.

'거울이 있었으면 좋았을걸.'

뭐, 나디의 감각에 따라 변신 정도를 알 수 있으니 굳이 거울이 필요하지는 않았지만 직접 확인하는 것만 못해 아쉬웠다.

'머리는 왜 간지러웠던 거지?'

그런 의문에 머리카락 하나를 뽑아 보니 헉, 이게 웬일인가?

하얀 머리카락이라니!

'헐-!'

그야말로 기함할 일이었다.

이로써 나디는 감응일체와 더불어 담용의 생각까지 읽는 '일심'과 담용이 원하는 움직임까지 실행하는 '동체'가 됐음이 확인됐다.

'나디, 이제 해제해 줘.'

말이 끝남과 동시에 안면에 시원한 느낌이 들었다.

쓱 문질러 보니 주름이 온데간데없이 다시 매끈해졌다.

더불어 하얀 머리카락도 없어졌다.

'큰 문젯거리 하나를 해결한 셈인가?'

기실 첩보원의 경우, 첨단을 걷고 있는 정보화 시대는 일종의 넘지 못할 벽이나 다름없었다.

즉, 정체를 숨기고 임무를 수행한다는 것 자체가 불가능한 미션에 가깝다는 의미였다.

그것은 각국 첩보원들의 실종이나 사망이 점점 증가하고

있는 점을 보면 알 수 있다.

이는 어느 나라 할 것 없이 공통된 과제로 대두되고 있는 상황이어서 각국은 정체를 숨기거나 모호하게 하는 데 전력을 쏟고 있는 실정이었다.

그 이유는 휴민트, 즉 정보원이나 내부 협조자 등 인적 네트워크를 활용하여 수집하는 정보만큼 정확한 것이 없기 때문이다.

'또 뭐가 있지?'

골똘히 생각하던 담용은 마침내 자신을 담보로 실험해 보기로 했다.

강력한 파워만이 전부가 아니기에 그 반대인 부드러운 정도를 알고 싶었다.

'이번에는 어디까지 부드러워질 수 있는지 알아보자.'

그러지 않아도 한자리에 너무 오래 앉아 있었던 터라 몸이 찌뿌둥하던 참이었다.

게다가 이마에 혹도 나 있지 않은가?

'나디, 안마나 치료도 가능해?'

찰나, 뇌리로 안마의 기법을 떠올리자, 정수리로 요상한 기분을 느끼게 하는 뭉클한 기운이 주입되는 느낌이 왔다.

그와 동시에 미간에 간질거림이 찾아들었다.

이어서 삽시간에 사지백해로 청량한 기운이 스며들면서 전신으로 묘한 쾌감이 느껴졌다.

'으흐흐흐……'

나디가 몸속을 헤집고 다니자, 얼마나 아늑하고 포근한지 잠시나마 입을 헤벌리며 환상에 젖는 담용이다.

그러나 곧 아차 싶었던 담용이 정신을 차리고는 나디의 경로를 느끼려 애썼다.

'오호!'

혈관을 깨끗하게 청소하는 느낌이 이럴까 싶을 정도로 나디는 전신 구석구석을 유유히 유영하고 있었다.

더불어 나디가 지난 자리는 더없이 상쾌한 기운이 충만해졌다.

그렇게 얼마나 지났을까?

발가락 끝이 조금 아리다 싶더니 나디의 유영이 씻은 듯이 사라졌다.

머리끝에서 시작해 발끝까지 일주천하는 데 걸린 시간은 대략 5분 내외였고, 한여름의 무더위를 한줄기 시원한 소낙비로 씻어 주는 그런 느낌이었다.

자연 심신이 상쾌할 수밖에.

'흠, 더 할 게 없나?'

이 기회에 나디의 묘용이 어디까지인지 알아보고 싶었다.

그러나 장소가 한정된 탓인지 딱히 떠오르는 게 없었다.

'목이 왜 이리 타지?'

이제는 조금 전보다 더 심해져서 목젖이 달라붙을 정도로 갈증이 났다.

'물을 구할 만한 곳도 없는데…… 어? 혹시?'

문득 나디가 촉촉하다는 것을 기억해 낸 담용이 목이 마른 원인이 거기에 있지 않을까 하는 생각이 들었다.

'맞아, 하룻밤 지샜다고 이토록 목이 마르지는 않아.'

사실이 그렇다면 나디 자체가 몸 안의 수분을 자양분으로 삼고, 그 활용은 차크라에 기반을 두고 있다는 말이 된다.

물론 백 퍼센트 확신하는 건 아니지만 십중팔구는 그렇게 짐작이 됐다.

'모르지, 꿈속 선인의 모든 것이 오롯이 발현됐다면…….'

다만 그 힘을 담용이 미처 소화시키지 못하고 있다고 가정하면 말이 안 될 것도 없었다.

애초부터 차크라 자체를 알지 못했던 담용으로서는 이 신비한 능력에 대해 꿈속 선인의 선물이라고 여길 수밖에 없었다.

다만 어떤 연유로 자신과 인연이 됐는지는 하늘로 치솟은 돌기둥을 찾아야만 단서를 찾을 수 있을 것 같았다.

'인도를 가긴 가야 하는데…….'

이는 꿈속 선인이 인도식 터번을 두르고, 수염이 수북한 모습이라는 데 근거하고 있었다.

'시크교도라는 건데…….'

담용은 인터넷에서 인도에서 머리에 터번을 두르고 머리

카락이나 수염을 기르는 사람들은 대부분 시크교도임을 알았다.

'훗, 처음에는 인도 사람이라면 전부 터번을 두르는 줄 알았지.'

잘못된 상식이었다.

'이제 슬슬 가 볼까?'

목이 타는 듯해서 더 이상 견딜 수가 없어 실험은 나중으로 미루기로 한 담용이 일어섰다.

갑자기 달달한 게 당기네

국정원 제3실.

벌컥!

"차장님, 제로에게서 연락이 왔습니다!"

벌떡!

"뭐? 연락이 왔다고?"

"예, 방금 연락을 받았습니다."

털썩!

조재춘의 보고에 최형만이 한시름 덜었다는 듯 다시 주저앉으며 물었다.

"어디래?"

"청계산이랍니다."

"청계산?"

되물으면서도 뇌리로 청계산이 국정원에서 그리 멀지 않은 장소임을 떠올린 최형만이 다시 물었다.

"거긴 왜 갔데?"

"갑자기 뭔가 느낌이 와서 조용한 장소가 필요했답니다."

"느낌? 뭔 느낌…… 아, 아…….”

뜬금없는 말로 들었다가 불현듯 뭘 생각했는지 최형만이 두 손으로 머리를 감쌌다.

"이런! 우리가 왜 그걸 몰랐지?"

"예, 저도 통화를 하고서야 알았습니다."

"맞아, 우리가 너무 무심했어. 젠장 할.”

"확실히 무심했습니다. 초능력에도 레벨이 있다는 걸 알면서도 그걸 간과했지요.”

"그래, 내가 알기로는 6레벨까지 있다고 하던데 맞나?"

"저도 제로로 인해 약간 들여다본 게 있는데, 초능력이 0레벨부터 6레벨까지 구분되어 있다고 하더군요. 근데 그게 전부가 아닌 것이, 현실의 세계를 자신의 초능력이 발현되는 개인적인 세계로 인식하는 것이라 개인마다 각각 다르다고 기술해 놨더군요.”

"그건 실제로 닿아 보지 못한 영능력 전문가들이 상상으로 지어낸 단계 구분에 불과한 이론이야. 하지만 제로는 다르지, 실제 초능력자니까. 그는 자신만의 단계가 있을 거야. 때마침 계기가 온 김에 단계를 조금 더 높여 볼 욕심에 잠적했던 것이고. 그렇지 않나?"

"하하핫, 차장님의 추리를 듣고 보니 그런 것 같습니다."

"하면 제로가 더 무서워졌다는 게 되나?"

"레벨을 올리는 데 성공했다면 그렇지 않겠습니까?"

"헐, 이거 좋아해야 할 일인데, 어째 갑자기 오한이 드는군그래."

최형만이 실제로 떠는 시늉을 하며 엄살을 떨었다.

"하핫, 차장님, 제로는 적이 아닙니다."

"그걸 왜 모르겠나? 그래도 염려되는 게 없지 않은 건 고집이 여간해야 말이지."

"하하핫, 제로가 고집을 피우면 들어주면 그만입니다. 그렇다고 해가 되는 일을 한 적은 없잖습니까?"

"뭐, 그건 그렇지. 지금 오고 있나?"

"잠시 들렀다가 올 데가 있답니다. 1시까지는 도착할 테니 점심이나 한 끼 사 달라고 했습니다."

"그럼 같이 먹도록 하지. 두 분 차장님에게도 전해, 제로가 점심을 같이하자고 한다고."

"예. 근데 제로가 부탁 한 가지를 했습니다."

"부탁? 뭔데?"

"일본이 앗아 간 우리 문화재에 해박한 사람을 소개해 달라고 했습니다. 가능하면 우리 회사 직원이라면 더 좋겠다고 합니다."

"무, 문화재는 갑자기 왜?"

"아무래도 중추원에서 가져온 금동입불상으로 인해 영향을 받은 게 아닌가 여겨집니다."

"흠, 한마디로 열을 받았다는 건가?"

"뭐, 김창식 요원도 제로가 문화재에 대해 꼬치꼬치 캐물을 때의 분위기가 심상치 않았다고 했으니, 십중팔구는……. 그렇지 않고서야 뜬금없이 문화재를 언급할 이유가 없습니다."

"하면 의도가 뭐야? 설마 일본으로 건너가서 우리 문화재를 몽땅 가져오겠다는 건가?"

"하핫, 파괴하는 건 몰라도 가지고 오는 건 어렵지 않겠습니까? 설사 밀수로 들여온다고 해도 문화재를 손상 없이 다뤄서 옮기는 게 쉽지 않잖습니까?"

"그거야 모르지, 제로의 능력이라면……."

그런데 가져와도 문제다.

정부 요로에 친일파들이 득실거리는 상황에서 그걸 어느 부서에서 다룰 것이며 보관은 또 어디다가 해 놓을까.

당연히 문화재청이 주관 부서가 돼야 하지만 거기도 친일파가 없으리란 보장이 없다.

혹자는 우리 것을 되찾아온 것일 뿐인데 왜 떳떳이 발표하지 못하고 숨겨야 하느냐고 묻겠지만, 국가 간의 외교 관계란 그리 간단한 게 아니다.

세계의 문화재들을 강도질하고 도둑질한 나라들은 전부 강대국들이다.

고로 강대국들의 논리는 약소국들의 입장에서는 '넘사벽'일 수밖에 없어 찍소리도 못 하는 것이다.

'만만찮은 일이 되겠군.'

골치 아픈 일이 생길 것 같은 예감에 손바닥으로 얼굴을 한 번 쓸어내린 최형만이 말했다.

"일본으로 보내 달라고 하면 안 된다고 할 수 없겠지?"

"잘 아시잖습니까, 제로가 고집을 피우면 말릴 도리가 없다는걸요."

"젠장. 지금 독도 문제로 양국 간의 분위기가 민감한 시기란 말이다."

요즘은 심심하면 일본 외무상을 비롯해 관방상, 거기에 시마네현까지 불을 붙이듯 연일 독도를 가지고 시비를 걸고 있는 와중이었다.

주제야 빤한 것이 '독도는 일본 땅'이라는 것.

대한민국은 일고의 가치도 없다는 듯 일절 반응을 보이지 않고 있는 중이었다.

"그 문제도 제로가 벼르고 있더군요."

"뭐? 뭘 벼른다고?"

조재춘의 말을 예사롭지 않다고 여겼는지 최형만이 날카

로운 어조로 되물었다.

"그냥 얼핏 내비친 말이었습니다만, 일본 정치인들을 두고 한 말인 건 분명했습니다."

"헐, 큰일 날 말을……."

최형만의 뇌리로 문득 반백치가 되어 버린 갈성규 의원이 떠올랐다.

그런 일이 일본 정치인들에게도 일어난다면!

'이거…… 좋아해야 할지 말아야 할지…….'

마음이 이율배반적인 색채를 띠고 상상의 나래를 펼쳐 가자, 기겁한 최형만이 퍼뜩 정신을 차렸다.

그제야 조재춘이 부르는 소리가 들려왔다.

"……장님, 차장님?"

"어?"

"괜찮으십니까?"

"어? 잠시 뭘 생각하느라…… 방금 뭐라고 했나?"

"제로가 아직 행동에 나선 건 아니니 벌써부터 염려할 건 없다고 했습니다."

"그, 그렇지."

일어나지도 않은 미래의 일을 미리 앞당겨서 걱정하는 것만큼 어리석은 일도 없다.

"오후 1시까지 도착한다고 했으니 서둘러야지 않겠습니까?"

"그래, 그 전에 적절한 인물을 찾아야겠지. 생각해 놓은 사람이라도 있나?"

"문화재에 관련된 부분이라 저 역시 마땅한 인물이 떠오르지 않습니다. 아무래도 특채된 요원 중에서 찾아야 할 것 같습니다."

"직원 중에 문화재청 출신도 있지?"

특채 요원은 각 분야의 전문가로 구성되어 있기에 그들 중 문화재관리청 직원도 포함되어 있었다.

"그럴 겁니다."

"없다면 문화재청에 협조를 구해서라도 준비해 놔야지. 아마 적어도 박사급 정도는 돼야 할 게야."

"알아보겠습니다."

"가능하면 일본 내에서 암약하고 있는 블랙요원에게 도움을 받을 수 있는 방법도 연구해 봐."

담용이 일본어를 할 수 있다고는 해도 일본의 문화나 지리에는 서툴 수 있기에 하는 말이었다.

나아가 만약 문화재를 탈취할 수 있다면 그것을 일시라도 보관해 줄 조력자도 필요해서였다.

손상되기 쉬운 문화재를 마냥 들고 다닐 수는 없는 일이잖은가?

"정보원이나 청부인은 안 돼!"

"당연합니다. 필요하다면 제오열까지 움직여야 할지도 모르죠."

"설마 오열까지 동원할 정도로 일이 커지겠나?"

대한민국에 일본의 앞잡이인 친일파들이 설치고 있다면 일본에는 흔하진 않지만 친한파들이 존재했다.

극히 희귀한 숫자이긴 해도 분명히 존재했고, 국정원에서는 이들을 제오열 혹은 밀정이라고 불렀다.

이들은 국가 위난 시 혹은 그에 준하는 때가 아니면 호출하는 경우가 드물었고, 평생 동안 호출되는 일이 없을 경우 그냥 잊히거나 폐기되는 존재들이기도 했다.

자연 국정원 내에서도 비선 관리 담당 몇몇만이 그 존재를 알고 있는 실정이었다.

설사 우연히 알았더라도 그 정체까지는 알 수가 없는데, 접선 과정이 무척 까다롭기 때문이었다.

즉, 점조직으로 이루어져 있어서다.

"차장님도 참. 여태 제로를 겪어 보고도 모르십니까? 제로로 인해 중국 동북 지방은 지금까지도 정신을 차리지 못하고 있습니다. 범인은커녕 폭발 원인조차 오리무중이라 헤매고 있잖습니까? 더구나 일본의 경우라면 국민들의 감정까지 제로에게 오버랩될 경우 상상도 하지 못할 일이 벌어질지도 모른다는 겁니다."

그런 큰일이 일어날지 어떨지는 모르겠지만, 딱히 틀린 말도 아니어서 최형만의 입에서 앓는 소리가 흘러나왔다.

"끙, 이거 괜히 날개를 달아 주는 건 아니지 모르겠군."

"하하핫, 어차피 살인 면허까지 부여된 제룝니다. 꺼려 할 것도 없는 데다 증거만 남기지 않는다면 통쾌한 일이 아니겠습니까?"

"자넨 아주 신났군그래."

"일본에게 워낙 많이 당하다 보니…… 은근히 기대하는 바가 없지 않아서요, 하하핫!"

대한민국 국민이라면 누구나 갖는 공통된 마음일 것이다.

"그런 마음이야 나도 예외일 수 없지. 아무튼 혹시라도 문화재를 되가져올 수 있다면, 그걸 수송할 방법도 미리 연구해 놔야 할 거야. 그에 대한 보관 조치는 당연한 거고."

"제1실의 이정식 과장과 의논해 보겠습니다."

"뭐, 거기가 담당하는 구역이니……."

최형만이 맡고 있는 제3실은 북한을 담당하고 있지만 담용과 첫 인연이 이어진 덕에 소통이나 웬만한 업무는 제3실을 통해 전달 혹은 임무 수행 준비가 이루어지고 있는 실정이었다.

물론 일본이라면 해외 파트인 제1실이 맡고 있기에 제반 정보에 대해 빠삭했다.

"또 뭐가 있나?"

"아, 여권을 여러 개 만들어 달라고 했습니다."

"여러 개라니? 어차피 신분을 변조해서 나갈 거잖아?"

"이번에는 좀 색다릅니다. 코쟁이 외국인 여권도 두 개 정도 필요하다더군요. 아, 일본 여권은 많으면 많을수록 좋다고 했습니다."

"흠, 이거 촉이 심상치 않은 것 같은데……."

살짝 고민이 되는지 콧잔등을 찡그린 최형만이 결국 받아들이기로 했는지 말을 이었다.

"해외공작국에 협조를 요청해서 구해 놔. 이럴 때를 대비해 준비해 놓은 게 있을 테니까. 근데 서양 애들로 변신할 수 있을지 의문이로군."

"쓸모가 있으니 요청을 해 왔겠지요. 아무튼 제로의 주문에 일에 치어 죽지나 않을까 걱정부터 앞섭니다."

"이미 예상한 거잖아? 그리고 이번에는 연락할 수단을 강구해 봐. 중국에서처럼 연락이 되지 않아서 갑갑했던 기분은 그때만으로 충분하니까."

"그러지 않아도 차기 출장 때는 H정밀에서 이번에 개발한 위성통신기를 지급할 생각이었습니다."

"그래, 그게 있었지."

그동안 국정원 요원들은 휴대폰을 연락 수단으로 삼아 왔었다.

그러다 보니 불편한 점이 한두 가지가 아니었다.

이를테면 임무 수행 시 감청의 위험이 크다거나 분실했을 때와 빼앗겼을 때의 연락처 노출 등의 적지 않은 문제가 있었던 것이다.

그렇듯 무기는커녕 제대로 된 통신 수단조차 제공하지 못했던 탓에 요원들이 입지 않아도 될 피해를 입고는 했었다.

"시험을 모두 통과한 건가?"

"예, 곧 수령할 수 있을 겁니다."

"잘됐군. 007 영화에서 나오는 신무기 같은 거야 갖춰 주지 못해도 제대로 된 통신수단 정도는 지급해야지."

"어차피 제로는 무기가 필요 없는 요원이니까요."

"아무튼 제로의 뒤치다꺼리는 절대 쉬운 게 아니니, 연락 수단이라도 제대로 갖춰 주도록 해. 그걸로 생색이 날지는 모르겠지만……."

사실 그동안 담용이 임무를 수행하면서 남긴 뒷수습은 결코 쉽지 않았다.

대형 사고만 쳐 대다 보니 그 모두가 오롯이 국정원의 몫으로 떨어졌다.

증거를 남기지 않다 보니 가장 큰 뒤치다꺼리가 돈세탁이었다.

돈을 세탁하는 것이야 별반 어려운 일은 아니었지만, 그 금액이 어마어마하다는 것이 문제였다.

여기에 다른 일까지 겹친다면!

떠올리는 것만으로도 끔찍했다.

"그리고 만에 하나 제로의 의지대로 풀린다면 우왕좌왕하지 않아야 해. 제로의 일본행도 절대적으로 비밀 엄수가 첫째라는 걸 명심해."

"하핫, 차장님께서는 일이 다 된 것처럼 말씀하시는군요."

"나 역시 이러고 싶지 않아. 단지 당사자가 제로다 보니 믿는 마음이 커서 그런 게지."

"……!"

그 한마디에 조재춘도 할 말을 잃고 말았다.

"알겠습니다. 담당 부서를 총동원해서라도 만반의 대비를 해 놓겠습니다."

"그래, 어디 한번 제로의 능력을 지켜보자고."

"옛!"

말하는 최형만이나 대답하는 조재춘의 말투에 힘이 잔뜩 실렸다.

"하! 벌써 날이 훤히 밝았구나."

마왕굴을 나오니 해가 이미 중천이었다.

휘잉―!

찬 바람이 세차게 불어왔지만 왜 이리도 시원하게 느껴지는지 이 역시 전에 없었던 기분이었다.

'근데 왜 이리 달달한 게 먹고 싶지?'

전에 없이 몸이 당분을 원하고 있었다.

그것도 처절하게.

'열량을 너무 많이 소모했나?'

단것이 먹고 싶다는 생각을 하는 순간 마치 흥분하듯 속에서 열이 끓어오르는 느낌이 전해졌다.

덜덜덜⋯⋯.

그 영향이었던지 심지어 몸까지 떨렸다.

'이런! 당뇨병 증상인가?'

직접 겪어 보지 못해 잘은 모르지만 담용 자신이 아는 상식으론 당뇨병 환자들이 혈당치가 떨어졌을 때 내보이는 증상과 같았다.

먹을 거라곤 눈을 씻고 찾아봐도 없는 처지라 얼른 내려가서 사탕이라도 사 먹어야 할 것 같았다.

하긴 나흘 동안 먹은 게 별로 없었으니 몸이 최소한의 당분을 달라고 보채는 건 당연한 일일지도 몰랐다.

"어머!"

"옴마야!"

담용이 막 하산하려고 마음을 먹는 찰나, 난데없이 소스라치게 놀라는 뾰족한 목소리가 들려왔다.

얼른 돌아보니 등산 차림의 아주머니 두 명이 갑자기 나타난 담용을 보고는 놀랐는지 가던 걸음을 멈추고는 두려운 듯 쳐다보고 있는 것이 아닌가?

아마도 담용의 느닷없는 등장 때문인 것 같았다.

얼핏 봐도 대략 30대 후반쯤의 아주머니들로 보였고, 그 나이답게 멋을 한껏 낸 모습이었다.

'아놔, 하필이면…….'

동굴을 나서자마자 등산객과 딱 마주칠 건 또 뭔가?

그것도 여성 두 명.

뭐, 조용한 산중에서 갑자기 볼썽사나운 시커먼 사내와 마주치니 놀랄 법도 했다.

'아! 잘된 건가?'

목도 바짝 바른 상태인 데다 특히 사탕 같은 달달한 것이 무지 먹고 싶었다.

산행하는 이들이라면 필수로 지녀야 하는 것 중 하나가 바로 초콜릿이었다.

이유는 유사시 식량 대용으로 훌륭한 먹거리여서다.

'좀 얻어먹어야겠다.'

미안한 마음이 들긴 했지만 일단 살고 봐야 했기에 염치 따위는 쓰레기통에 처박아 버리고 얼굴에도 철판을 깔았다.

그 전에 먼저 차크라를 끌어 올려 이티머시 수법으로 친밀감이 들게 했다.

몰골도 꾀죄죄해서 치한으로 몰리기 십상이어서다.

"아! 하하하핫, 놀라지 마십시오. 어제 광교산과 청계산을 종주하다가 하산이 늦어져 어쩔 수 없이 동굴에서 밤을 지새

우게 됐습니다. 혹시 물 좀 있으면 좀 나눠 주시겠습니까?"

변명에도 기지가 발휘됐다.

"아, 네……."

"어쩌다가……?"

일면 의심의 눈초리를 걷지는 않았지만 녹색의 두툼한 벙거지 모자를 쓴 아주머니가 그래도 측은지심이 들었는지 배낭 옆에 달린 주머니에서 작은 페트병을 건네주었다.

"고맙습니다. 가볍게 등산한다는 것이 그만 욕심을 내는 바람에 꼴이 좀 사나워졌네요."

"젊은 기분에 모험하는 건 이해하지만 산을 가볍게 생각해서 준비 없이 오르면 절대로 안 돼요."

"하핫, 이번에 그걸 절실히 느꼈습니다."

실로 옳은 말이라 담용이 수긍하고는 물을 벌컥벌컥 들이켰다.

꿀꺽꿀꺽.

"아, 이제 좀 살 것 같습니다. 감사합니다."

"호호홋."

"호홋, 목이 많이 말랐나 보네요."

"예, 물이 진즉에 떨어졌었거든요. 죄송하지만 혹시 달달한 게 있으면 좀……."

"아, 내게 초콜릿이 있어요."

털실로 짠 캡을 쓴 여성이 허리를 고정시키는 끈의 수납공간에 넣어 둔 초코바를 꺼내 선뜻 건네주었다.

이티머시의 결과인지 측은지심인지는 몰라도 호의로 대해 주는 친절이 담용의 기분을 좋게 만들었다.

비닐 껍질을 벗기자마자 걸신들린 듯이 단숨에 먹어 치운 담용은 적어도 이 순간만큼은 세상을 다 가진 기분이었다.

'아, 이제 좀 살 것 같다.'

금방 먹어 놓고 당장 그 효과를 바란다는 것은 거짓말이겠 지만 일종의 플라세보효과라 보면 맞다.

"더 드려요?"

"제가 다 먹어 버리면 두 분은 어떡하고요?"

"호홋, 이건 산행 때마다 비상용으로 늘 지니고 다니는 거 라 몇 개 더 있어요. 그리고 간단하게 산행하고 내려갈 예정 이라 저흰 필요 없어요."

"아, 그렇다면 고맙게 받겠습니다."

불감청고소원이었던 터라 두 개를 단숨에 해치우는 담용 이었다.

"호호홋, 배가 많이 고팠나 봐요. 김밥도 드려요?"

"아, 이제 됐습니다. 말씀은 감사하지만 이제 내려가서 먹 으면 됩니다."

"간밤에 바람도 많이 불고 해서 무척 추웠을 텐데…… 더 구나 산중에서 밤을 맞았으니……. 몸은 괜찮은 건가요?"

"괜찮긴요? 밤새 떨었는걸요."

꼭 남동생을 걱정하는 누이의 마음이 깃든 염려 같아 이티 머시를 시전한 것이 괜히 미안스러워지는 담용이었다.

"저런!"

"근데 산에 오른다는 사람의 옷차림이 그게 뭐예요?"

"가볍게 산책한다고 잠시 나왔다가 저도 모르게 그만……."

여벌로 가져왔던 트레이닝복이 얇았던 터라 담용은 또 한 번 적당히 얼버무려야 했다.

"그러다 감기 들겠어요."

"내려가다가 사우나탕에라도 들러야겠어요."

"아! 아마 사우나탕은 문 닫았을 거예요."

"예? 왜요?"

"나흘 전에 정전이 됐었잖아요."

"에? 저, 정전요?"

듣는 이 처음이었다.

하기야 나흘 내내 비몽사몽 헤맸으니 정전이 됐는지 전쟁이 터졌는지 어찌 알까?

아마 옆에서 폭탄이 터졌어도 몰랐을 것이다.

"네, 범위가 꽤 넓어서 복구에 시간이 걸리나 봐요."

"웬 복구가 그렇게 늦는답니까?"

본시 정전이라 함은 늦어야 몇 시간이면 불이 들어오기 마련이라 이상해서 묻는 것이다.

"송전탑과 변압기들이 죄다 터져 버려 인력을 전부 동원해도 모자라서 시간이 걸릴 수밖에 없다고 해요."

"애, 그래도 오늘 아침 뉴스에 보니까 과천 쪽에는 간밤에 복구됐다고 하더라."

"원인은 뭐라고 해요?"

"그게 확실치 않다고 했어요. 다만 벼락이 친 게 아닐까 짐작할 뿐이라고 하네요."

'거참……'

담용은 자신으로 인해 그렇게 된 줄은 까마득히 모르고 있었다.

본시 원인은 담용이 좌선 중에 일어난 일로서 그의 몸에서 뿜어져 나온 진뇌전, 즉 전자기펄스의 영향에 의해 벌어진 일이었던 것이다.

이 말은 곧 담용이 스스로 전기를 만들어 다룰 수 있는 경지에 이르렀다는 것을 의미했다.

하지만 정작 본인은 알지 못하고 있었다.

"신원동은요? 복구가 됐답니까?"

"올라오면서 보니까 거긴 아직인 것 같았어요."

"내려가다 보면 한전에서 나온 아저씨들이 송전탑에 매달려 공사하는 걸 볼 수 있을 거예요. 지금 헬기 소리 들리시죠?"

"아, 예."

그러고 보니 한참 전부터 귀에 거슬리는 로터음이 들려와 의아하게 여기고 있던 참이었다.

"한전에서 송전탑의 변압기를 교체하느라 헬기까지 동원해서 그래요."

"그렇군요."

"거기로 가게요?"

"예, 청계산 입구에 차를 주차해 놔서요."

"천상 집으로 가서 씻어야겠네요."

"쩝. 아무래도 그래야겠군요. 아무튼 고마웠습니다."

"뭘요? 부담 갖지 말아요."

"그나저나 이렇게 신세를 졌는데 갚을 길이 있었으면 좋겠네요."

"호홋! 오다가다 또 만날 날이 있겠죠."

하긴 이런 일로 연락처를 주고받는다는 것이 더 이상한 일이긴 했다.

"아, 저도 그랬으면 좋겠네요. 신세를 갚을 수 있게 말입니다."

"호호호호……."

두 여성이 입을 손으로 가리며 웃어 댔다.

'아, 나디를 시험해 봐야겠구나.'

기실 기를 형상화시킨 나디가 타인의 눈에도 보이는지 무척이나 궁금해하던 참이었다.

상식적으로라면 담용의 눈에도 보이지 않아야 했기에 의문이 든 것이었다.

그래서 기회다 싶었던 담용이 나디를 슬쩍 형상화시켜 머리맡에 띄웠다.

그러면서 정중히 작별 인사를 했다.

"그럼 두 분 안전하게 산행하다가 하산하시기 바랍니다."

"호호홋, 우린 총각처럼 그런 일 없을 거예요."

"하하…… 그래야죠. 그럼."

신세를 진 것도 있고 해서 다시 한 번 공손히 인사한 담용이 두 여성과 헤어져 하산하기 시작했다.

그 행동이 자연스러워서 나디를 시험하는 사람 같지가 않았다.

히죽히죽.

'보이지 않았어.'

결과가 대만족이었던 탓에 웃음이 귀에 걸렸다.

고로 형상화된 나디는 담용 자신만이 볼 수 있다는 얘기다.

이로써 다시 한 번 감응일체임이 증명됐다.

'후훗, 이티머시 덕인가?'

담용의 몰골을 보고도 거부감 없이 가진 것을 내준 두 여성이 너무 고마워 다시 만날 수 있었으면 하는 마음이 들었다.

투타타타…….

얼마 내려가지 않아서 헬기 특유의 로터음이 들려왔고, 걸음을 옮길수록 소음은 더 요란해졌다.

'이거 헬기가 호버링을 하고 있는 소린데…….'

특전사 출신이라 헬기가 허공에 멈춰 선 채 공사를 진행하고 있음을 대번에 알았다.

이윽고 송전탑에 이르자 두 여성의 말대로 한전 기사들이 구슬땀을 흘리며 보수 공사를 하고 있는 모습이 보였다.

슬쩍 올려다보니 아예 통째로 교체하는 모양인지 헬기 로프에 달린 변압기가 위태위태하게 롤링을 하고 있었다.

땅에 내려놓은 원형 변압기를 보니 속까지 드러낸 채 시커먼 잔해로 변해 있었다.

이는 폭발이 있었다는 뜻이다.

'굉장한 벼락이었나 보네.'

담용의 시선이 건너편 산등성이로 향했다.

'얼라? 저기도 벼락을 맞은 것 같은데?'

건너편의 송전탑 역시 시커멓게 변색되어 있는 것을 본 담용이 내심 중얼거렸다.

'하! 벼락이 몇 번이나 쳐 댄 거야?'

처음 대하는 모습이었지만 정작 본인이 저질러 놓고는 애먼 벼락만 탓하는 담용이다.

그래서 모르는 게 약이라는 말이 있는 것 같다.

'저거…… 너무 흔들리는데?'

바람이 세찼던 탓에 헬기 로프에 달린 변압기가 위태위태하게 흔들리고 있어, 한전 기사들이 잡지 못해 애를 먹고 있었다.

저러다가 로프라도 끊어지면 대형 인명 사고를 내지 싶었다.

'이럴 때도 나디를 쓸 수 있을까?'

그런 마음이 드는 순간, '가릉' 하는 울림과 동시에 차크라가 움직였다.

이어서 정수리가 후끈한다 싶더니 익숙한 나디가 몸에서 빠져나오는 느낌이 왔다.

'그래, 수고 좀 해 줘.'

나디는 곧장 대롱대롱 매달려 위태해진 변압기를 향해 쏘아져 갔다.

다시 봐도 생각과 의지가 공유되는 감응일체였다.

그래서 이제는 더 놀랍지도 않았다.

엷디엷은 무색의 푸딩 같은 형체는 역시나 담용의 눈에만 보이는지 한전 기사들은 빤히 보면서도 알지 못했다.

마치 전설에나 나오는 요정의 모습이 저럴까 싶을 정도로 동글동글한 것이 귀엽다고도 할 수 있는 모습이었다.

나디는 변형을 자유자재로 해 가며 부지런히 움직이더니 이내 흔들리는 변압기를 안정시켰다.

"와! 바람이 멈췄나 봐! 조금만 더, 더, 더!"

털컹!

"오케이! 거기! 스톱!"

신나서 소리쳐 대는 전기 기사들의 말처럼 나디는 담용의 마음과 의지라도 읽은 것처럼 육중한 변압기를 어린애처럼 다루더니 금세 송전탑에 안착시켜 버렸다.

나디가 뿌듯했던지 사람 모양을 하고는 손을 허리에 척 얹어서는 빼겨 댔다.

'후훗, 짜식.'

상상을 초월하는 기현상을 혼자 보기가 아까울 정도였다.

'아, 짜식. 되게 까불고 있네.'

오관도 없는 녀석이 춤을 춰 대는 꼴이 마치 아메바가 꿈틀거리는 것 같아 그리 좋은 모습은 아니었지만, 담용에게는 더 없는 우군이었다.

'하핫, 그만하고 돌아와.'

찰나, 다시금 정수리가 후끈해지면서 몸 안에 뭔가가 꽉 찬 기분이 들었다.

'정수리가 관문인가?'

하필 정수리다 보니 적응이 잘 안 된다.

'왜 손바닥이 아니지?'

지난번까지 손에서 빠져나갔던 나디가 왜 정수리로 들락날락거리는 건지 의문스러웠다.

'일단 산을 내려가서 생각해 보자.'

담용의 걸음이 그때부터 무척 빨라졌다.

빠른 걸음으로 하산하던 중 담용의 눈앞을 삐딱하게 선 우람한 바위가 가로막았다.

더구나 비탈이라 등산로를 거의 다 차지한 채, 샛길만 남겨 놓은 바위로 인해 자칫 등산객들이 위험할 법도 했다.

깎아지른 듯한 비탈은 족히 30미터는 되어 보였으니 실족이라도 한다면 생명까지 위태로울 것 같았다.

'이 바위를 저기로 옮겨놓으면 등산객들이 더 편할 것 같은데…….'

마음이 일자, 그 마음을 알았는지 갑자기 차크라가 준동하기 시작했다.

'헛! 또야?'

기겁한 담용이 속으로 '안 돼!' 하고 소리치며 차크라를 진정시키자, 아무 일 없었다는 듯이 제자리를 찾아 안정을 취하는 차크라다.

'하! 어째서 이런 일이……?'

그러고 보니 그냥 지나치면 될 것을 왜 그런 생각이 났는지 담용 자신도 어리둥절했다.

'이상하군. 그냥 그러려니 하고 지나치면 될 것을…….'

기분이 묘했다.

바위를 지나자, 좌우로 숲이 이어진 가파른 언덕이 나왔다.

'후우, 아무 생각 하지 말고 가자.'

담용이 줄달음을 치기 시작했다.

그러나 담용은 아직 익숙지 않은 일이었지만 송전탑 사건에서 한 가지 이치를 깨달은 시점이었던 건 사실이었다.

BINDER
BOOK

땅을 몽땅 주세요

송파구 신천동 거산실업.

마해천 회장의 집무실이 열리면서 오랜만에 담용이 모습을 드러냈다.

출입문이 열리는 기척에 모니터에서 눈을 떼지 않고 키보드를 쳐 대던 만박이 돌아보다가 마치 죽었던 사람이 다시 살아온 듯이 만면에 웃음을 가득 머금고는 자리에서 일어났다.

"와아! 큰형님, 되게 오랜만이네요."

"하핫, 잘 지냈냐?"

"그럼요. 근데 왜 그렇게 연락이 안 되는 거예요?"

"응? 급하게 연락할 일이라도 있었냐?"

"뭐, 급한 일은 아니고요. 근데 오랜만에 들르신 걸 보니 좀 한가해진 거예요?"

"짬을 좀 냈을 뿐이다."

"히히힛, 부탁할 게 있어서 온 거군요."

'하여튼 누가 서울대학생이 아니랄까 봐 눈치 하나는 백단이라니까.'

"근데 너, 거기 같이 있었다며?"

"아, 예."

뭔가 잘못을 저지르다가 들킨 아이처럼 머리를 긁적이던 만박이 갑자기 눈빛을 발하며 물었다.

"큰형님, 혜린이 누나와 혜인이 정말로 여동생이 맞습니까?"

"어? 만났냐?"

"엥? 저를 만났다는 말을 못 들었어요?"

"아, 집에 못 들어간 지 한참 됐다."

일에 치이다 보니 역삼동 집에서 잠시 눈을 붙이고 나오는 통에 본가의 출입이 뜸한 요즈음이었다.

"근데 그건 왜 물어?"

"얼굴이 너무 달라서요. 혹시 부모님이 큰형님을 주워 오거나 배가…… 다른 건 아니에요?"

"그런 일 없다. 그리고 다르긴 뭐가 달라? 자세히 보면 닮은 구석이 얼마나 많은데?"

"에이, 혜린이 누나와 혜인이는 엄청난 미인인데 반해 큰 형님은 사내답기는 하지만 미남은 아니잖아요?"

"얼씨구! 인마, 남자가 이 정도 생겼으면 됐지 너같이 기생오라비같이 생겨서 어따 써?"

"아쒸, 기생오라비라뇨? 그런 말 처음 듣거든요!"

"그럼 오늘부터 만박이 대신 기생오라비라고 부르면 되지 뭐."

"아뇨, 정중히 사양할게요. 암튼 저와 식구들이 혜린이 누나와 혜인이를 보고 눈을 까집을 정도로 놀랐다는 거 아닙니까?"

'하긴 걔들이 좀 예쁘긴 하지.'

이건 담용의 동생들이어서 하는 생각이 아니었다.

그럴 만한 이유가 있었다.

원래 바탕 자체도 나쁘지 않은 편이었지만 담용이 차크라로 화장품에 수작(?)을 부린 후에는 완전 자체 발광의 경지에 오른 여동생들과 정인이라 만박이 저러는 것도 과언은 아니었다.

아, 고모인 육선여도 포함해서다.

가끔은 담용조차도 깜짝깜짝 놀라고 있는 중이었으니 말이다.

'요즘 고모한테도 들이대는 놈씨들이 있는 것 같은데……'

육선여가 둔한 건지 아니면 알고도 눈 한 번 깜짝하지 않고 있는 건지는 모르겠지만, 요즘 찬방 분위기가 딱 그랬다.

'후훗, 수백, 수천 번 들이대다 보면 고모도 마음을 열지도 모르지.'

남은 생을 홀로 지내게 할 수는 없지 않은가?

그래서 은근히 기대가 됐다.

문득 책 제목은 기억나지 않지만 남녀를 떠나 홀로 지내는 것이 수명을 단축시킨다고 쓰여 있던 글귀가 떠올랐다.

아울러 '둘이 한 몸으로 있으라.'라는 창세기의 글귀도 기억났다.

'오래도록 건강하게 살려면 서로 의지하며 기댈 짝이 있는 게 맞지.'

"글고 큰형님 애인 말입니다."

"마! 또 무슨 말을 하려고?"

"무지막지한 미인이데요."

'무지막지?'

뭔 표현이 이리도 살벌하다냐?

"실없는 놈……."

담용은 만박의 입에서 허튼소리가 나올까 싶어 얼른 화제를 바꿨다.

"됐고. 어떻게 하기로 했어? 인한이가 부천을 맡겠다고 했어?"

"예, 냉큼 대답하던데요."

'뭐? 냉큼 대답했다고? 포이동과 냉천동은 어쩌고?'

강인한이 없다고 해도 똘마니 몇몇이 구역을 지키고 있어 아직 영향력을 발휘하고 있는 곳이 바로 포이동과 냉천동이 었다.

뭐, 딱히 유동인구가 많다거나 밤 문화가 흥한 지역이 아니어서 넘보는 세력이 없다는 것도 한몫했지만 완전히 손을 뗀 상태는 아니었다.

지역 조폭들의 영역은 자신들의 목숨과도 같은 것이다.

그렇기에 등한시하더라도 발만 걸쳐 놓았다면 언제든 영역 주장을 할 수 있는 근거가 된다.

"그으래?"

담용은 명국성이에게서 땅크파를 흡수하게 될 것 같다는 말은 들었지만, 강인한에게 꿍꿍이가 있을 거라는 생각에 물었다.

"의도가 뭐야?"

"인한이 형 목표가 인천대학교에 들어가는 것이어서요."

"뭐? 이, 인천대학에 간다고?"

"예. 올해야 틀렸지만…… 이대로라면 늦어도 내후년쯤에는 도전해 볼 수 있을 거예요. 인한이 형이 원래 머리는 좋거든요. 집중력도 대단하고요."

"오오! 진짜?"

"예, 엄청 열심이에요. 그 덕분에 이모님도 무지 좋아하시는걸요."

만박이의 이모가 바로 강인한의 엄마였다. 그러니까 둘 사이는 이종사촌인 셈이었다.

"할머닌?"

"당근 좋아하시죠. 아니, 좋아하는 정도가 아니라 공부하려면 몸보신을 잘해야 한다면서 잘 아시는 한약방에서 지어온 약을 마구 갖다 먹이실 정도로 열성이시거든요."

"호오!"

"그리고 뒤늦게 공부하는 걸 보고 뒷골목 바닥을 청산한 걸로 아시고는 덩실덩실 춤까지 추시더라니까요."

"그래, 이젠 청산해야지."

당장이야 어렵지만 차츰 그럴 생각을 가지고 있는 담용이었다.

조직폭력배에 최종 단계는 음지에서 양지로 나오는 사업의 합법화에 있었기에 그렇다.

미국의 마피아가 그랬고, 일본의 야쿠자 그리고 중국의 삼합회의 예를 봐도 그랬다.

양경재 또한 성산건설의 인수를 통해 양지로 나오려 하는 것이고.

"인한이 형은 아마 특별한 일 이외에는 나서지 않을 거예요. 복지관에 물품을 납품하게 되면 어엿한 사업가로 변신하게 될 테니 그래서도 안 되고요."

"네 말이 맞다. 그럼 부천엔 몇 명이나 가게 되냐?"

"열 명 정도요."

"뭐가 그리 많아?"

"에구, 납품할 품목이 엄청나게 많아서 그 인원으로도 감당이 될지 의문이에요."

"흠, 경험이 없는 애들인데 전문 직원이 필요하지 않을까?"

"아직 시간이 있으니 더 생각해 봐야죠. 그보다는 사무실과 창고부터 확보하는 게 우선이죠."

"그렇구나. 애들이 머물 집도 구해야겠지?"

"히히힛, 그래서 말인데요."

"응? 뭔데?"

"큰형님 집에 남는 방 없어요?"

"남는 방? 그건 왜 묻는데?"

"헤헤헷, 제가 좀 머물려고요."

"뭐? 네가 거길 왜 와?"

"복지관에 납품하려면 제가 도와줘야죠. 인한이 형이 뭘 알겠어요. 게다가 공부하기도 바쁠 텐데……."

"여긴 어떡하고?"

"에헤헤헷, 요즘 투잡이 대세잖아요."

"꿍. 일없다."

"에이, 그러지 마시고 방 하나 내줘요, 예?"

"인마! 안 돼!"

"아, 왜 안 되는데요?"

'이 자식이 여자들만 득시글거리는 집에 웬 사내놈이 들어온다고 그래?'

"꽁!"

"악!"

"인마, 생각을 해 봐라. 말만 한 처녀들이 있는 집에 웬 시커먼 사내가 함께 산다는 게 말이 돼?"

"아놔, 그게 왜 그렇게 해석이 되는데요? 든든한 마당쇠 하나가 들어온다고 생각하면 되죠."

"안 돼! 무조건 안 돼!"

"큰형님!"

"시끄러워! 너…….."

담용이 검지로 만박이의 이마를 툭 밀며 말을 이었다.

"갑자기 뭔 심보야?"

"심보는 무슨…… 그런 거 없어요. 서울에서 인한이 형 사무실로 출근하기가 번거로워서 부탁하는 거거든요. 뭐, 방 얻을 돈도 없고요."

"그거라면 걱정 마라, 집을 내줄 테니까."

곰방대 할아버지 소유의 집 몇 채가 아직도 팔리지 않아 남아 있는 것을 믿고 하는 말이었다.

"에? 지, 진짜요?"

"그래, 그러니 애먼 생각 하지 말어."

"헤헤헷, 집만 구해 준다면 애먼 생각 안 해요."

"공짜가 아닌 거 알지?"

"예? 돈 받으시게요?"

"인마, 내 거 아냐. 할아버지 거지."

"아뇨, 얼마 받으시게요?"

"그거야 할아버지께 여쭤 봐야지. 뭐, 줄지 안 줄지 나도 자신할 수는 없지만."

"아, 또 왜 거기서 그 말이 나와요?"

화색을 띠었다가 금방 풀이 죽은 만박이다.

"팔려고 내놓은 거니까 그렇지."

"아파트예요?"

"아니, 단독주택."

"에이, 요즘 누가 그걸 사요. 아파트라면 몰라도……."

"그런 집도 없는 놈이 할 소리는 아닌 것 같다."

"헤헷, 얼만데요?"

"음…… 대략 3억?"

"허억! 사, 삼억!"

기겁한 만박이 대뜸 볼멘소리를 터뜨렸다.

"그딴 시골구석에 있는 집이 뭐가 그리 비싸요?"

"그래? 싫으면 관둬라."

"저, 전세는요?"

"글쎄다. 집값의 절반쯤 하지 않을까?"

그 한마디에 다시 화색을 띠던 만박의 얼굴이 흙빛으로 변하며 어깨를 축 늘어뜨렸다.

'닝기리…… 왜 이리 쉬운 게 하나도 없냐? 혜인아! 우짜면 좋노?'

'크크큭, 이놈아, 약 좀 올라 봐라.'

'할 수 없다. 읍소 작전으로 나갈 수밖에.'

대번 울상으로 변한 만박이 눈치를 보며 물었다.

"큰형님, 인한이 형과 제가 무슨 돈이 있겠어요? 방법이…… 없을까요?"

"국성이가 밑천을 대 주지 않겠냐?"

"에이, 쬐끔밖에 안 돼서 그렇죠."

"얼만데?"

"사무실 얻을 돈과 물품 대금 계약금 정도래요."

'엉? 돈이 쪼달리나?'

금전에 대해 한 번도 아쉬운 소리를 한 적이 없다 보니 '짱박아 둔 돈'이 제법 되는 줄만 알았다.

'하긴 그동안 공부하느라 돈을 벌 시간이 없긴 했지.'

더해서 벌어들이는 돈은 거의 없고, 애들 건사하느라 쓸 곳은 많으니 당연했다.

'자리 잡은 지도 얼마 안 됐고…….'

영등포에 적을 두고 있긴 하지만 도끼파가 떨어져 나간 이후, 업소들과의 거래를 시작한 지 얼마 되지 않은 터인 데다 그나마 업주들에게 이미지를 조성하는 데 주력하고 있는 중이라 수입이라곤 거의 없는 거나 마찬가지였다.

　그런 형편이니 좀 도와줘야 할 것 같았다.

　어차피 그럴 생각이 있었지만 너무 일찍 알아 버렸다.

　'젠장, 좀 골려 주려고 했더니만…….'

　근데 그게 뭐가 대단한 일이라고 저렇듯 기가 팍 죽느냔 말이다.

　표정을 보면 세상을 다 잃은 것 같아 보였다.

　"마! 사내자식이 그깟 일로 풀이 죽어?"

　"……."

　대꾸도 않고 몸을 돌린 만박이 찻물을 데우려는지 다용도실로 향했다.

　'얼라? 점점…….'

　"인마! 사내 녀석이 그깟 일로 풀이 죽어?"

　"에이, 전생에 나라라도 구했다면 이렇게 쪼들리지는 않을 텐데…… 녹차 마실 거죠?"

　'이 자식이! 마음 약해지게.'

　"돈…… 빌려줘?"

　"에? 지, 진짜요?"

　"그래, 대신 꼭 갚아야 하는 거 알지?"

"그럼요. 당연하죠. 저 안 떼먹어요, 에헤헤헷."

'으흐흐훗, 돈 굳었다. 돈? 안 갚아도 된다. 배 째라는데 어쩔 거야?'

'혜인아, 기다려라. 이 오빠가 간다, 크크큭.'

더욱이 혜인이만 꽉 잡아 놓으면 든든한 우군이 되는데 그까짓 돈이 문젤까?

'크흐흐흐훗.'

내심의 생각이 겉으로 드러났는지 담용이 미간을 찌푸리며 의심스럽다는 어조로 물었다.

"너…… 그 음흉한 웃음은 뭔 의미냐?"

아무래도 자신이 속은 것 같은 생각이 문득 드는 담용이었다.

"에이, 그거야 집을 구하기가 난감했는데 해결이 됐으니 좋아서 그러는 거죠."

그 말이 더 믿기지 않았다.

담용의 눈에서 의심의 빛이 줄기줄기 뿜어져 나왔지만 딱히 꼬집어 낼 만한 것이 없어 확인하듯 물었다.

"정말이야?"

"아, 제가 큰형님께 뭐하러 거짓말을 해요."

'아무래도 수상한데…….'

잠시 확 독심술을 부려 볼까 싶었지만, 이따위 일에 쓸 생각은 추호도 없었다.

뭐, 독심술이 가능한지도 잘 모르겠고.

프라나를 구현하는 것이야 아직 시기상조라 느꼈다. 그리고 나디를 형상화하는 데 성공했다고 해서 분야가 전혀 다른 독심술까지는 욕심이었다.

"좋아, 일단 믿어 주지. 그리고 네가 책임지고 필요한 자금을 계산해서 청구해."

"넵! 각하!"

"대충 계산했다간 국물도 없는 줄 알어!"

"제 전공이 경영학과라고요."

"마! 원래 똑똑한 놈이 사기 치는 거다."

멍청하면 사기를 치고 싶어도 못 친다.

설사 그런 마음을 먹었다고 해도 다 보인다.

"히힛, 녹차 타 갈 테니 어서 들어가세요.

삐걱.

안쪽 출입문이 열리더니 이마에 고랑을 잔뜩 판 마해천 회장이 버럭 소리쳤다.

"인석아, 왔으면 냉큼 들어오지 않고 뭔 사설이 그리 길어?"

"아, 만박이 녀석을 오랜만에 만나서요."

"빨랑 들어와. 시간 없다."

말투에 날이 바짝 서 있었다.

'아이고, 노인네가 또 뭔 트집을 잡으려고 저리 화를 내실

까?'

"옙! 만박아, 녹차 말고 커피 좀 부탁하자."

"그러죠. 원두죠?"

"아니, 오늘은 갑자기 달달한 게 엄청 땡기네."

"그럼 봉지 커피로 타 드릴게요."

"어, 그래. 기왕이면 설탕도 듬뿍 넣어라. 아니다. 차라리 꿀물 좀 진하게 타 와라."

"별일이네요. 알았어요."

담용이 들어서자, 마해천 회장의 눈이 세모꼴로 변해서는 번뜩거렸다.

'에구.'

눈빛만 보고도 담용은 요구하고자 했던 바를 단박에 설득하기가 어렵다는 생각이 먼저 들었다.

그런데 오랜만에 봐서 그런가?

마해천 회장의 얼굴을 대하자마자 확 표가 나는 부분이 대번 눈에 잡히고 있었다.

'건강에 이상이 있으신가?'

그런 의심이 드는 이유는 얼핏 봐서는 살이 찐 것 같은 얼굴이지만 부은 것에 가까웠다.

특히 눈 밑이 더 도드라져 보이는 데다 거무스름한 기미 같은 것이 점점이 돋아 있었다.

'안색도 거무죽죽한 것이 영…… 진짜 어디 편찮으신 거야?'

게다가 얼굴 본 지 얼마나 지났다고 생기도 전만 못했고, 주름도 늘어서 더 늙어 보였다.

'하긴 연세가 있으시니까.'

노인들의 건강은 하루하루가 달랐다.

밤새 안녕이란 말이 그 옛날 보릿고개 시절의 인사이기도 하지만 노인들에게도 적용되는 인사인 게 그런 이유였다.

우려하는 마음이 든 담용이 차크라를 운기해 나디를 슬쩍 내보내 마해천 회장의 몸을 관조해 보았다.

'뇌 쪽은 괜찮은 것 같고…….'

이어 오관을 지나 경추, 척추, 오장육부를 다 살펴봐도 나디에게서 거부 반응이 나오지 않았다.

70 중반의 나이를 감안하면 대체적으로 건강한 상태.

'응?'

잘 나가던 나디가 신장, 즉 콩팥에 이르러 멈칫하는 것이 느껴졌다.

더 나아가지 못하고 뭔가 껄끄러워하는 느낌이 분명했다.

'이상이 있다.'

담용은 대번에 알아차렸다.

안성댁 할머니 경우도 그랬으니 틀림없었다.

'뭐지?'

원인이 뭔지 기억의 전도체를 더듬어 신장에 대해 알아보았다.

기억의 저편에서 잡다한 의학 서적을 읽었던 적도 있어 참고하려는 것이다.

콩팥은 혈액의 여과 장치로 혈액의 99퍼센트를 재활용하게 만든다.

그래서 대량의 혈액이 콩팥에 공급되는데, 이 혈액을 여과는 하는 것이 사구체인 것이다.

하루에 평균 150리터가 사구체를 통과하며 이중 1.5리터만이 오줌으로 배설된다.

이는 전체 혈액의 99%가 체내에 흡수되어 재활용된다는 뜻이다.

즉, 정밀 진단이 아니어도 눈 밑이 붓고 거무스름한 기미가 돈다는 것은 콩팥이 백 퍼센트 제 기능을 하지 못하고 있다는, 신체가 주는 신호인 것이다.

'노인네가 아직 느끼지 못한 건가?'

스스로 튼튼하다고 자부하는 마해천 회장이다 보니 최근 병원을 찾지 않아 모르고 지나치고 있을 수도 있었다.

'하긴 자각증상이 느리긴 하지.'

나이가 들면 면역력이 떨어진다.

당연히 조그만 병이라도 걸렸다 하면 건강이 급속도로 나빠지는 경향이 있는 노인들의 신체라 담용은 적이 염려가 됐다.

'온 김에 치료해 줘?'

나디로 안성댁 할머니의 췌장암 초기를 치유했던 바가 있었기에 자신이 없지는 않았다.

이른바 순순한 차크라의 기운 가진 나디를 통해 치유시키는 세포 재생 방법이다.

'뭐, 내 능력을 모르는 분도 아니니…….'

그나마 담용의 초능력을 인정하는 몇 되지 않는 사람들 중한 사람인 마해천 회장이라 설득하는 것은 그리 어렵지 않을 것이라 여겼다.

물론 결코 쉽지 않은 치료라 차크라의 소모가 수월찮긴 했다.

'차크라의 양이 빵빵하다는 게 다행이군.'

현재로서는 담용 자신조차도 어색하고 생경한 프라나를 사용하기에는 이른 감이 있었다.

'나디를 믿어 볼 수밖에.'

나디의 안마는 탁월해서 담용의 컨디션은 그 어느 때보다도 좋았다.

담용이 자신의 얼굴을 빤히 쳐다보는 시간이 길었던지 마해천 회장의 입에서 볼멘소리가 흘러나왔다.

"인석아, 뭘 그리 빤히 쳐다봐?"

그러면서 혹시라도 뭐가 묻었을까 싶어 얼굴을 쓱 훔치는 마해천 회장이다.

"에헤헷, 오랜만에 뵈어서요."

"실없는 넘. 그래, 오늘은 무슨 바람이 불어서 납시셨나?"

"에이, 전화는 자주 드렸잖아요?"

"호오, 그렇다면 오늘은 전화로 할 얘기가 아니라서 납시셨다 이거냐?"

"보자마자 자꾸 그렇게 삐딱하게 나오시면 제가 어떻게 말을 꺼내요?"

"망할 녀석. 제멋대로 투자회사는 만들어 놓고 밖으로만 나도니 내게서 좋은 말이 나올 리가 있겠느냐?"

"헤헷, 죄송해요."

담용도 지은 죄가 있어 전에 없이 간살스러운 웃음을 자아내며 손바닥을 비벼 댔다.

"징그럽다, 인석아. 자발없이 실실거리기는……."

"뭐, 어때요? 손자가 할아버지한테 애교 좀 부리는 건데 귀엽게 봐 주셔야죠."

곰방대 할아버지와 비슷한 나이니 틀린 말은 아니었다.

"얼씨구, 뚫린 입이라고 말은 잘한다."

그때, 문이 열리면서 쟁반에 커피 두 잔을 받쳐 든 만박이 들어왔다.

"회장님, 그래도 귀한 분이 오랜만에 납시셨는데 꿀물 한 잔 먹여 놓고 나무라도 나무라셔요."

"야!"

"큰형님은 혼나도 싸요."

"이게······."

"내가 회장님이라면 진즉에 잘라 버렸을 거라고요."

만박이 손날로 목을 긋는 시늉을 하자, 담용의 얼굴이 확 일그러졌다.

"만박이 너······."

"생각을 해 봐요. 명색이 이사라는 사람이 비상근도 아닌데 자리를 지키지 않고 맨날 나돌아 다니니 누가 좋아라 하겠어요?"

"마! 사무실만 지키고 있으면 돈이 나와 쌀이 나와?"

"그래도 기본은 해야죠. 월급은 꼬박꼬박 타 가잖아요? 월급 받은 값은 해야죠. 에그, 아까버라. 그 월급을 내게 줬으면 죽기 살기로 일했을 텐데."

"너 자꾸 이럴래?"

"제가 봐도 너무 지나치니까 하는 말이죠."

"오냐, 네가 그렇게 나온다 이거지?"

"아, 또 뭔 협박을 하시려고······."

"아까 한 얘기 없던 걸로 해도 좋다는 걸로 알아듣겠다."

"와! 비겁하게."

"그래, 나 비겁한 놈이다. 그러니 더 비겁해지기 전에 빨리 사라지는 게 좋을걸."

"아, 진짜…… 간다고요, 가!"

담용의 말에 부리나케 자리를 벗어나는 만박이다.

"짜식이…… 까불고 있어."

"너…… 저 뺀질이 녀석, 약점 잡은 거 있냐?"

"히힛, 그럴 일이 있어요. 근데 뺀질이라뇨? 여기서 부르는 쟤 별명이에요?"

"아, 그게……."

"아니면 일 안 하고 농땡이 쳐요?"

"일이야 빠릿빠릿하게 하니 나무랄 데가 없지. 유능하기도 하고."

"근데 왜 뺀질이에요?"

"쩝, 그냥 이 나이가 돼서 보니 일은 잘해도 왠지 뺀질이로 보여서 말이다."

"에이, 그건 세대 차이의 간극에서 오는 사고방식 때문에 그런 거예요."

"세대 차이? 간극?"

"예, 회장님이 젊은이들과 소통하시려면 그걸 극복하지 않으면 안 돼요."

"이 나이에 그런 것까지 신경 써야 한다고?"

"대세의 흐름이니까요. 거 왜 있잖아요? 벤처다 뭐다 하는 기업들이 죄다 젊은이들 차지니 그들과 대화하려면 기존 관념은 버려야 한다는 거죠."

"원 별별……."

"회장님이 사회생활을 하는 한 싫어도 어쩔 수 없어요."

"내가 뭐가 아쉬워서? 난 싫다."

'에궁, 노인네가 엉뚱한 곳에서 고집을 피우네.'

그러나 아쉬운 쪽은 담용이었다.

아직은 정정했고, 계속 협력해 나가야 하는 막강한 재산가라 담용은 계속 설득해 나갔다.

"저도 회장님 마음을 이해 못 하는 건 아니에요. 물론 회장님 세대는 밤을 낮 삼아 일해도 먹고살기가 팍팍했었는데 요즘 애들은 땡 하면 출근해서 제 할 일만 하고 땡과 동시에 퇴근하는 얌체들로 보일 법도 해요. 게다가 사적인 심부름 같은 건 아예 하지 않으려고 하죠. 또 자기 업무에 간섭하는 거 무지 싫어하는 데다 상사의 눈치도 전혀 안 보지요. 그러니 회장님이 보시기에 일을 잘해도 어딘가 마뜩지 않아 보이는 건 당연해요."

"허어, 그놈…… 쪽집겔세. 그 정도면 어디 가서 자리 깔더라도 굶어 죽지는 않겠구나."

기실 서른 살도 안 된 젊은 세대인 담용이 그런 말을 하니 신기한 생각이 드는 마해천 회장이다.

"저도 젊은데 제 또래들의 마음을 잘 알죠. 아무튼 회장님은 그런 마음들이 은연중 깔려 있다 보니 낯이 설어서 그런 생각이 드는 거예요."

"흠흠."

할 말이 궁해진 마해천 회장이 수염을 말끔히 민 턱만 만지작거렸다.

"요즘은 젊은이들의 성향에 맞추지 않고는 지금 그 자리에 계속 앉아 있을 수 없어요."

"인석아! 지금 나더러 구닥다리니까 자리를 내놓으라는 거냐?"

"에이, 또 시비 거신다. 제 말은 회장님이 마인드를 좀 바꾸시는 게 좋다는 거예요. 전 그 자리 줘도 안 가진다고요."

"누가 주기나 하고?"

"히힛, 회장님의 뒤를 이를 사람이 저밖에 없다는 거 알고 있거든요."

"흥이다, 이놈아!"

콧방귀를 날려 놓고는 마해천 회장이 재차 물었다.

"뭐, 물려줄 생각은 추호도 없지만 줘도 안 갖는다니 이유가 뭔지 말이나 들어 보자."

'노인네도 참……'

"골치 아프잖아요."

"골치 아프다니? 고작 그런 이유로?"

"딴 이유가 있겠어요?"

"인석아, 전혀 그렇지 않다. 여기 앉아만 있어도 모두 굽실거리고 대접도 얼마나 잘 받는데……. 일단 앉아 봐. 세상이 달라 보일 테니까."

어째 의도가 깔려 있는 것 같은 말투였다.

"회장님이야 그런 쪽에 단련이 됐으니 그런 말을 하시는 거죠."

"이 자리에 앉아서 그 맛을 알게 되면 생각이 달라질 거다. 이거 괜히 하는 말이 아니다."

'뭐, 그런 점도 있겠지.'

"자리가 사람을 만든다는 말이 있지만 그렇다고 해도 저 같으면 거기 앉아 있는 것만으로 답답해서 미칠 것 같다는 생각이 들어요."

"……!"

"자리가 자리니만큼 점잖 빼야 되죠. 피곤한 자리에 참석해서 마음에 없는 얘기도 해야 하고 또 들어 줘야 되죠. 매일같이 반복되는 일을 다람쥐 쳇바퀴 돌듯 봐야 되죠. 게다가 하루 종일 목에 새끼줄 꽁꽁 묶은 채 '어험' 하고 품위 유지를 하며 살아야 되니 하고 싶은 것도 못 하죠. 낭만이라곤 씨알도 없는 데다 업무에 쫓겨서 등산이나 낚시 같은 건 꿈도 못 꾸죠. 더 말할까요?"

"끄응."

"뭐, 그 외에도 등등 많고도 많죠. 그게 사람이 산다고 할 수 있는 상황이겠어요? 아이고! 생각만 해도 끔찍하네요."

담용이 줄줄이 열거해 대며 넌더리를 내자, 입술을 실룩이던 마해천 회장이 못마땅했던지 결국 한마디 내뱉었다.

"염병할 넘, 말하는 꼴새하고는…… 싫으면 관둬라."

"싫으면 관두라뇨? 방금 안 준다고 해 놓고 그 말씀은 또 뭐예요?"

"난 말도 못 하냐?"

"히히힛."

후룩.

"아, 꿀물이 달달하네."

'빌어먹을 놈.'

한바탕 설교 아닌 설교를 듣다 보니 괘씸한 생각에 담용이 꿀물을 마시는 것조차도 얄밉게 보였다.

'이놈은 어째 날이 갈수록 의뭉스러워지는 것 같군.'

그만큼 분주 다망하게 뛰어다니다 보니 관록이 생겨서 그렇겠지만, 유독 자신 앞에서만 의뭉을 떠는 것 같아 한편으로는 귀엽기도 하고 다른 한편으로는 한 대 쥐어박고 싶을 정도로 얄밉기도 했다.

뭐, 그게 친근감을 표시하는 것임을 모르지 않지만 좀처럼 낯짝을 볼 수 없으니 그게 괘씸했다.

'후우, 몸이 예전 같지 않으니…….'

담용의 말대로 자기 또래의 늙은이들이 평생 제대로 쉬어

본 적이 없는 게 맞다.

어려운 시절에는 먹고살기 바빴고, 조금 여유가 생기니 그걸 또 불리느라 정신없이 뛰어다녔다.

지금은 모아 놓은 재산을 관리하느라 눈코 뜰 새가 없지 않은가?

모두 경쟁심 때문이었다.

1백억대 재산가는 그들끼리 교류하면서 누가 더 돈을 먼저 불리느냐 경쟁을 벌인다.

이는 딱히 약속을 한 것이 아님에도 뒤처지지 않으려는 순전한 욕심 때문이다.

1천억대 재산가는 그들대로, 1조 원 재산가는 또 그들끼리 경쟁심이라는 전장터에서 벗어나지 못하고 있는 실정이었다.

그러다 보니 몸도 한 해 한 해가 달라 지금은 하루를 온전히 버티는 것에도 무리가 왔다.

'후우, 요즘 들어 유달리 피곤하고 식욕도 없으니…….'

이제 죽을 때가 됐나 하는 생각마저 들다 보니 일할 의욕도 감퇴되고 있는 와중이었다.

생각 같아서는 다 물려주고 산 좋고 물 좋은 곳에서 안빈낙도하고 싶은 마음이 간절했다.

하지만 녀석이 아직까지 자신을 필요로 하는 것 같아 선뜻 입이 떨어지지 않았다.

자신이 조금 더 견뎌 줘야 하는 실정임을 알지만, 몸이 자꾸 늘어지고 있으니 그게 걱정이었다.

　"케헴, 여러 말 할 것 없고…… 네가 뭔 일로 낯짝을 다 디민 건지 그거나 읊어 봐. 늙은이 속 터지기 전에."

　결국 그게 무지 궁금한 마해천 회장이었다.

　"아뇨, 제가 못 올 곳에 왔어요? 저도 이 회사 이사라고요."

　"이놈! 말 잘했다! 그래, 이사란 넘이 잊을 만하면 나타나서는 낯짝만 살짝 보이고 휭하니 사라지는 게냐?"

　"아, 가만히 들어앉아 있으면 뭐 해요? 발바리처럼 뛰어다니며 영업을 해야 수익이 생기죠."

　"그래, 그렇다 치고. 뭐 좀 벌어 오기는 한 거냐?"

　"헤헷, 지금 농익어 가는 중입니다."

　결국 빈손이란 말.

　"헐. 말만 번지르르한 놈을 믿어야 하니 이 늙은이 신세도 참 딱하다. 그건 그렇고, 내 말의 진의는 그걸 묻고자 하는 게 아니잖느냐?"

　"아침부터 보자마자 삐딱하게 나오시니까 저도 심통이 나서 그런 거죠."

　"아침이 지난 지 한참 됐다, 이놈아. 그리고 희수 녀석 말이 틀린 것 없다. 네놈이 출근은커녕 할 일도 팽개쳐 놓고 나돌아 다니는데 어느 누가 좋아하겠냐?"

"헤헤헷, 오늘은 회장님이 보고 싶어서 왔다고요."

"흥!"

"헤헷, 안 믿으실 줄 알았어요."

"빌어먹을 놈. 삶은 호박에 이빨도 안 들어갈 말이나 지껄이니 그 말을 누가 믿을까?"

"에구, 회장님 표정을 보니 제가 귀엽던 시절은 다 지나간 것 같네요."

"허이구, 착각도 유분수지. 마! 네놈은 처음부터 귀여운 적이 단 한 번도 없었어."

"쳇! 그거 순 거짓부렁인 거 알거든요."

"실없는 소리 말고. 그래, 뭔 일로 출근을 다 하셨는고?"

"꿀물 한 잔 마실 시간도 안 주고 용건부터 물어보면 어떡해요?"

"흥! 이넘아! 주 회장한테 다 들었다. 어디서 의뭉을 떨고 있어?"

"이히히힛."

"이그…… 징그러운 놈."

"주 회장님이 손녀의 병이 다 나았다는 거 자랑했죠?"

뭐, 주경연 회장이 대뜸 그 말부터 해 대며 자랑을 해 댔으니 모를 리가 있나?

"이놈이 오늘따라 왜 이리 느물거려? 헛소릴랑 집어치우고 할 말이 있으면 해. 나 곧 나가 봐야 하니까."

"저 없어도 여전히 바쁘신데 괜히 화난 척할 필요 없어요."

"이놈이!"

"헤헷. 뭐, 바쁘시다니 용건만 간단히 말씀드리죠. 회장님이 보유하고 계신 땅 전부 제게 주세요."

"뭐? 다, 다시 한 번 말해 봐."

"땅을 몽땅 달라고 했어요."

"하! 몽땅?"

"예, 가지고 있어 봐야 세금만 축내잖아요? 그러니 이번 기회에 뭐라도 지어서 돈 좀 벌어 보죠 뭐."

"안 돼!"

"아, 왜요?"

"네 녀석이 성산건설에 몽땅 맡기려는 걸 모를 줄 알아?"

"히히힛, 주 회장님께 다 들으셨구나. 근데 그게 뭐 어때서요?"

"그 회사 고장 난 지가 언젠데 내 땅을 몽땅 맡긴단 말이냐?"

"에이, 고장이 난 거야 고쳐서 쓰면 돼요. 지금 수선 중이니 곧 정상화될 거예요."

"네놈이 무슨 말을 해도 관심 없으니 그리 알어."

마해천 회장이 의자를 틀어 반쯤 돌아앉았다.

'쩝, 뭔가 단단히 토라진 것 같은데…….'

그게 아니라면 무조건 내놓기 싫은 것일 테고.

하기야 주경연 회장은 손녀의 지병이라도 고쳤지 마해천 회장은 아무것도 해 준 게 없긴 했다.

담용에게 뭘 바라는 성격은 아니지만 획기적인 뭔가가 있어야 땅을 받아 낼 것 같았다.

지금도 괜히 억지를 부리는 것임을 모르지 않지만 그래도 공짜로 달라는 것이 아님을 보여 줄 필요가 있었다.

그래서 방금 나디가 느낀 현상을 무기로 삼기로 했다.

"회장님, 요즘 건강 상태가 별로시죠?"

"뜬금없이 내 건강 상태는 왜 물어? 인석아, 난 멀쩡하다. 알통 보여 줘?"

'에구, 그까짓 새알보다 조금 더 큰 걸 가지고…….'

자랑할 것도 참 없나 보다.

"저 지금 장난하는 거 아니에요. 사실 뵙자마자 회장님 안색이 그리 좋아 보이지 않아서 은근히 걱정이 되는 참이었거든요."

"내가?"

검지로 스스로를 가리킨 마해천 회장이 세수하듯 얼굴을 문질러 댔다.

그런다고 거무죽죽한 얼굴이 하얘지고 주름이 펴지나?

"예, 좀 시꺼매요. 검버섯도 더 많아졌고요."

"푸헐. 그거야 이 나이 되면 다 그런 걸. 글고 네놈이 의사도 아닌데 병이 있는지 없는지 어떻게 알아?"

"눈 밑이 붓고 검버섯이 많아졌다니까요."

"검버섯이야 나이가 들면 다 나게 되어 있는 것이니 이상하다고 할 게 없지. 오죽하면 저승꽃이라고 하겠냐? 네 녀석도 이 나이가 되면 나처럼 안 될 줄 알아?"

"제가 어떤 능력을 가지고 있는지 아시잖아요?"

"그거하고 사람 고치는 것과는 별개지."

주 회장의 손녀가 나은 걸 알고 있음에도 마 회장은 일단 우기고 봤다.

"경험이 있는데도요?"

"경험? 뭔 경험?"

"저희 할머니가 췌장암 2기였는데 제가 싹 고쳤다는 거 아닙니까?"

"엥? 췌, 췌장암을 고쳐?"

"그럼요. 지금은 싹 다 나았다고요."

"예끼, 인석아. 내 평생 췌장암을 고치고 나았다는 소리는 못 들어 봤다."

주 회장의 손녀가 암이 아니었음을 알고 있기에 하는 말이었다. 손녀를 낫게 한 건 믿지만 담용의 능력이 암까지 치료할 정도는 아니라고 생각한 것이다.

"거짓말이 아니라니까요."

"헐! 아무리……."

"진짜라니까요. 병원에서도 확인했다고요. 정 의심스러우시면 직접 통화해 보시고요."

"됐다. 그래서! 내게 병이 있다고 보는 게냐?"

"음…… 다른 덴 이상이 없는데 얼굴색을 봐서는……."

신장에 문제가 좀 있는 것 같다고 말하고 싶었지만, 좀 더 정확히 확인할 필요가 있어 물었다.

"몇 가지 물어볼게요. 요즘 밥맛이 없죠?"

"늙으면 입맛이 좀 변하긴 하지."

'없다는 말이네.'

"혹시 이전보다 피곤한 것 같지 않아요?"

"그야 나이가 있으니…… 그래서 조금 일찍 퇴근하고 있는 중이다."

피곤을 느낀다는 말.

"그렇다면 신장에 이상이 있을 수 있겠네요."

의사가 아니다 보니 담용은 단언하기보다 가능성으로 열어 두었다.

"뭐? 심장?"

"심장 말고 신장요."

"신장이면…… 콩팥 말이냐?"

"예. 제가 보기엔 신부전 증상이 오기 직전인 것 같은데요?"

"허얼, 시, 신부전증?"

조금은 정색한 표정을 짓고 말하는 담용의 태도에 마해천 회장도 미간을 찌푸리며 곧바로 물었다.

"그걸 네가 어찌 알고 그리 말하는 게냐?"

"에이, 제가 의사는 아니지만 그 정도의 상식은 있다고요. 몸이 붓고 식욕부진에다 빨리 피곤해진다는 건 딱 신부전 증상임을 나타내는 거거든요."

"훙! 갖다 붙이기는……."

"지난 나흘 동안 제게 연락이 안 됐던 거 아시죠?"

"흠흠, 난 연락 안 했다. 희수가 한 거지."

'홋, 노인네도 참…….'

"사실 제 스스로 잠적했던 거였어요."

"잉? 잠적? 아니 왜?"

"초능력이 한 단계 더 발전할 것 같은 예감이 들어서 조용한 산속에 들어갔었어요."

"그으래? 그, 그래서? 보람이 있었더냐?"

내도록 변죽만 울리던 마해천 회장이 초능력 부분에서 관심을 보였다.

"예, 다행히 행운이 있었던지 한 단계 진보한 것 같아요."

"헐! 그거 좋은 소식이구나. 암은, 발전이 있어야지. 당연한 게지."

"잠깐 보여 드려요?"

끄덕끄덕.

담용이 부리는 진기한 묘기는 쉽게 구경할 수 있는 것이 아니었기에 마해천 회장은 망설이지도 않고 고개를 끄덕거렸다.

"하핫, 많이 피곤해 보이시니 안마를 해 드릴게요. 그대로 가만히 계세요."

담용은 그 즉시 차크라를 운기해 나디를 구현해 내고는 마해천 회장에게로 보냈다.

'부드럽게 안마해 드려.'

이전에는 이런 식으로 나디를 운용할 엄두를 내지 못했지만 지금은 차크라의 양이 충분하다 못해 넘칠 정도다 보니 가뿐하게 시전할 수 있게 된 터였다.

물론 스스로 시험을 해 봤으니 그 효과는 장담할 수 있었다.

'설마하니 안마를 받다가 잘못된 사람이 있을라고.'

"어이쿠! 뭐, 뭐여? 내 몸이 왜 이래?"

갑자기 몸 안에서 이물질이 마구 돌아다니는 것 같은 느낌에 마해천 회장이 당황해서는 전신을 뒤틀기 시작했다.

"아파요?"

절레절레.

"그보다는 온몸이 근질거리는구나."

"그러면서 시원하지 않아요?"

"그런 것 같다."

사실 개운한 맛이 더했지만 마해천 회장은 은근한 간지럼에 신경이 곤두서 있었던 것이다.

　"끝날 때까지 되도록이면 움직이지 말고 그대로 계세요."

　"인석아, 내 몸에다 무슨 짓을 한 게야?"

　"곧 개운해질 테니 몸부림치지 말고 그대로 계시라니까요."

　"인석아, 이렇게 근질거리는데 내 맘대로 돼야 말이지."

　"근질거리만 해요?"

　"근지럽기도 하고 시원하기도 하고…… 암튼 말로 표현하기 어렵구나. 흐이쿠, 이게 뭔 조화여?"

　전산에 아무런 징후나 겉으로 드러나는 것이 없음에도 마해천 회장 홀로 몸을 뒤틀고 있는 모습이 보기에도 많이 이상하긴 했다.

　"금방 끝나니까 조금만 참으세요."

　'노인네도 참. 그게 얼마나 귀한 건데…….'

　차크라의 기운이 어린 안마를 어디서 받아 본단 말인가?

　날아갈 듯한 기분임을 담용이 직접 경험하지 않았던가?

　"이제 되었다. 그만하거라."

　"그러죠."

　'돌아와.'

　"오호!"

　몸속의 나디가 빠져나가자, 그 즉시 거짓말같이 몸이 한

결 좋아진 것을 느낀 마해천 회장의 입에서 탄성이 터져 나왔다.

"어떠세요?"

"어, 몸이 한결 개운해진 것 같구나."

'훗, 효과가 있었나 보네.'

긴가민가한 마음에 시도해 본 것이었지만 마해천 회장의 안색을 보니 정말 좋아 보였다.

그렇다고 신부전 증상이 호전된 것은 아니었다.

확실한 병명을 알기 전에 치유하는 것은 모험이라 담용도 삼가고 있었다.

'후후훗, 굳이 의지를 내보이지 않더라도 마음이 이는 대로 움직이는 경지에 이르렀단 말이지.'

그런 생각이 들자, 한시라도 빨리 프라나의 효능을 시험해 보고 싶어지는 담용이었다.

"어허, 좋구나."

"하핫, 안색도 조금 돌아왔네요."

"그려?"

"그럼요. 거울을 보시면 금방 알 수 있을 거예요."

"그렇다면 내 콩팥도 다 나은 게냐?"

"그건 아니고요."

"쯧."

"정밀 검사부터 먼저 하고 이상이 있으면 그때 봐 드릴 게요. 만약 이상 증세가 있다는 소견이 나오면 치유하는 데 시간이 좀 걸리거든요."

"확실히 이상이 있다고 보는 게냐?"

"백 퍼센트는 아니에요. 뭐, 예전에는 회장님이 눈앞에 있어도 건강 상태를 알 수 없었지만, 지금은 어느 정도 짐작이 된다고나 할까요?"

"……!"

다소 놀란 기색을 띠었지만 담용의 능력을 알기에 신부전 증세가 있을 것이라 은연중 믿는 마해천 회장이다.

"뭐, 금방 증명될 일이니 진단받아 보고 믿으셔도 돼요. 당장 정밀 검사를 한번 받아 보시죠. 회장님 정도면 정기적으로 건강을 체크해 주는 주치의가 있겠죠?"

"그, 그래. 요 옆 건물에……."

"가깝네요 뭐."

"그런데 내가 게을러서 체크한 지 제법 됐구나."

'크크큭, 병원에 가는 걸 좋아할 사람은 없지.'

"하핫, 그동안 건강을 자신했으니 그렇죠. 이제는 미루지 말고 당장 가서 검사해 보시죠."

"인석이…… 지금 번갯불에 콩 볶아 먹자는 게냐?"

"주치의 병원에 검사 장비만 있다면 피검사만 해 봐도 금방 알 수 있는 거니까 시간도 얼마 안 걸려요."

"크흐흠. 화, 확실하냐?"

"그럼요. 금방 끝난다니까요."

"아니, 내 말은 신부전증이 확실하냐고?"

"십중팔구는요."

"끙. 아, 알았다."

재차 물었지만 확신하는 담용의 기색에 마해천 회장이 앓는 소리를 냈다.

근심이 생겨서인지 안색이 또다시 까매지기 시작하는 마해천 회장이다.

"저기…… 회장님."

"왜?"

"만약 신부전 증세가 있다고 하면요."

"……?"

"제가 완치시켜 드리는 건 자신해요. 아, 몸도 예전보다 훨씬 건강해질 거고요."

"저, 정말이냐?"

"그럼요. 그래서 말인데요."

"땅을 달라는 조건이냐?"

"히히힛, 하여간 눈치가 백 단이시…… 흡!"

저도 모르게 속에 있는 말을 해 대던 담용이 급히 입을 막고는 간살스럽게 웃으며 말을 이었다.

"에헤헤헷, 조건은 아니고요."

찌릿.

'이크!'

"아, 진짜라니까요. 제가 어찌 회장님 건강과 땅을 조건으로 거래를 하겠어요?"

찌릿찌릿.

의심의 눈초리가 더 강렬해졌다.

"에이, 땅…… 안 주셔도 돼요. 더 고집을 피웠다간 제가 정말 몹쓸 인간인 줄 아시겠네요."

"푸훗! 인석아, 어차피 줄 건데 그냥 주기 아쉬워서 한번 튕겨 본 거다."

"에! 에이 참. 놀랐잖아요."

"푸헐, 네 녀석이 그딴 일로 놀란다고?"

"헤헷, 회장님께만 유독 약해서 그래요."

믿을 말을 하라는 듯한 강렬한 눈빛에 담용도 꼬리를 슬그머니 내렸다.

"이제 가시죠."

"잠시 기다려라. 약속을 다음으로 미루겠다고 전화는 해줘야지."

"아참, 저도 일정을 좀 미뤄야겠네요."

'쩝, 이럴 줄 알았으면 점심 약속을 괜히 했네.'

당연히 국정원에서의 점심 약속이다.

신장이 좋지 않은 마해천 회장을 두고 갈 수는 없는 일이어서 일정에 차질이 생겨 버렸다.

'이 노인네가 지금 쓰러지면 안 되지.'

곁에 있어 주는 것만으로도 큰 힘이 되고 있었고, 부동산 업계에서만큼은 무시하지 못할 영향력을 발휘하는 것도 힘이 됐다.

더욱이 담용에게는 믿고 맡길 수 있는 의지처라는 것이 중요한 몫을 차지하고 있었다.

BINDER
BOOK

히젠토는 살인범이 남긴 증거물일 뿐이다

일본 후쿠오카.

끼익.

규슈의 현관이며 교통의 요충지라 불리는 하카다역 인근
에 위치한 치산호텔 앞에 하얀 바탕에 빨간 선이 그어진 택
시 한 대가 멈춰 섰다.

"손님, 목적지에 도착했습니다. 여기……."

택시 기사가 미터 요금을 가리켰다.

運賃 1,640円.

"아, 예."

택시 기사의 말에 30대 중반의 젊은 사내가 미터기를 쳐다
보고는 요금을 건넸다.

언어의 소통이 부자유스러운 걸로 보아 젊은이는 일본어
에 서툰 것 같았다.

택시 기사가 잔돈 10엔을 거슬러 주자, 젊은 사내가 고개
를 저으며 말했다.

"팁."

"하이! 아리가도 고자이마시타."

딸깍.

문이 자동으로 열렸다.

오토로 된 문이라 기사가 직접 열어 준 것이다.

"야사시이…… 데스네(친절하시군요)."

탁!

고마움을 표하고 차에서 하차한 사내는 얼굴이 동글동글
한 것이 얼핏 봐도 순해 보이는 인상이었다.

짐이라고는 간단한 백팩 하나를 오른쪽 어깨에 걸친 사내
는 바로 담용이 변신한 모습이었다.

일부러 '깔맞춤'을 했는지 군청색 패딩 점퍼에 청바지 차림
이었다.

'지금까지도 어색함을 느끼지 못하겠군.'

확실히 청계산에서의 좌선 이후, 달라진 게 많았다.

변신의 자연스러움도 그중 하나였다.

이전에는 다른 사람의 옷을 껴입은 것처럼 어색하기 짝이 없었지만, 지금은 원래부터 그런 모습이었던 것처럼 편안했으니 말이다.

'공항에서 내릴 때보다 더 쌀쌀해진 것 같군.'

11월의 기온은 보통 10도 내외였지만 날씨 변화가 잦은 편인 규슈 지방이라 온도 차가 심했다.

당연히 한국보다는 위도상으로 남쪽이라 따뜻한 편이었다.

그러니까 대마도 아래쪽에 위치해 있다고 보면 된다.

'시간이…….'

손목에 찬 시계를 쳐다보았다.

검정색 디자인이 약간 특이해 보이는 시계는 오후 3시 17분을 가리키고 있었다.

이거 홍채 인식이 되어 있는 사람만이 시간을 확인할 수 있는 특수한 시계였다.

바로 국정원에서 지급받은 선물이었다.

'대략 20분 걸렸군.'

후쿠오카 공항에서 치산호텔까지 걸린 시간이었다.

고개를 올려다보니 빌딩 벽에 'CHISUN HOTEL'이라 쓰인 글귀가 도드라져 있었다.

카페 안이 환히 보이는 1층을 지나 정문으로 향하자, 비즈니스호텔이라 그런지 도어맨은 보이지 않았다.

'역시 깔끔하군.'

로비로 들어서자 좌측으로 데스크가 눈에 들어왔다.

체크인을 하기 위해 곧장 걸어간 담용에게 여직원이 눈웃음을 지으며 인사를 해 왔다.

"어서 오십시오. 무엇을 도와드릴까요?"

당연히 일본 말이다.

"예약을…… 했습니다. 확인이…… 가능하겠습니까?"

담용은 일본어가 익숙하지 않다는 듯 어눌한 말투로 더듬더듬 말했다.

"성함이 어떻게 되십니까?"

"왕윈샹."

"아, 중국분이시군요. 죄송하지만 여권을 좀 부탁드립니다."

"여기……."

여직원이 키보드를 치며 모니터를 확인하더니 훤하게 미소를 지으며 말했다.

"아, 네. 하루 머무르시게 예약되어 있군요. ○○○○호실입니다. 체크아웃 시간은 오전 10시입니다."

"고맙습니다."

열쇠를 받아 든 담용이 데스크를 떠났다.

'흠, 괜찮네.'

객실은 작았지만 깔끔해서 마음에 들었다.

스르륵.

커튼을 여니 전망이랄 것도 없는 건물과 도로 그리고 음식점 들만 눈에 들어왔다.

'뭐, 한가하게 구경하러 온 게 아니니까.'

숙소를 가격이 비교적 저렴한 치산호텔로 정한 이유는 평범한 여행자로 보이기 위해 위장한 면도 있었지만, 담용의 첫 번째 목표인 쿠시다 신사櫛田神社가 도보로 5, 6분 거리에 위치해 있다는 것이 주된 이유였다.

흔히들 일본을 두고 말하기를 신사神社의 나라라고 한다.

그만큼 토속신을 섬기거나 죽은 이들을 기리는 사당이 수도 없이 많다는 얘기다.

그 숫자가 무려 10만 개가 넘는다고 하니 일본을 귀신의 나라라고도 부르는 것이다.

그 저변에는 자신이 죽으면 신이 된다고 생각하는 일본인의 인식이 깔려 있다. 그것이 바로 신사가 많은 주된 이유인 것이다.

오죽하면 각 현마다 신사청이란 관청을 두어 관리하고 있을까.

뭐, 거기에 대해서는 일본 특유의 문화라 간섭하고 싶지도 그럴 자격도 없다.

그러나 잘못된 것은 잘못된 것이라고 따끔하게 경고해야 할 것이 있다면 해 줘야만 한다.

쇠귀에 경 읽기다 보니 담용 자신이 직접 해결하기 위해 대한해협을 건너 열도로 온 것이다.

'흥! 가증스러운 놈들.'

지금까지 순둥이 버전이었던 담용의 표정이 졸지에 냉기가 뚝뚝 떨어질 정도로 싸늘하게 변했다.

그 이유는 자신이 마침내 벼르고 벼르던 쿠시다 신사가 있는 하카타에 왔기 때문이다.

그리고 그의 목적은 다름 아닌 히젠토肥前刀를 가져가는 것이었다.

이미 2010년 당시, 히젠토에 관해 혜민 스님이 언급했었다. 담용은 컴퓨터 모니터로 재생된 기억을 바탕으로 그 전말을 이미 샅샅이 알고 있는 터였다.

히젠토.

바로 대한제국 마지막 황후였던 명성황후의 목숨을 끊은 칼의 이름이다.

2000년인 지금은 대한민국의 그 누구도 쿠시다 신사에 히젠토가 보관되어 있다는 사실을 모르고 있었다.

히젠토가 쿠시다 신사에 보관되어 있는 것이 혜민 스님에 의해 밝혀진 때는 10년 후이기 때문이다.

혜민 스님도 문화재 환수 운동을 벌이고 있던 와중, 2006년에 조선왕실의궤 자료를 조사하다가 우연히 쿠시다 신사에 히젠토가 보관돼 있다는 사실을 알게 되면서 세상에 알린 터였다.

그렇듯 늦게야 알려진 데는 그만한 이유가 있었다.

명성황후가 살해될 당시, 황후 침전인 건청궁에 난입한 낭인 세 사람 중 한 명이었던 도오 가쓰아키가 1908년에 쿠시다 신사에 히젠토를 기증했고, 그 이후 쿠시다 신사에서는 이를 일반인에 공개하지 않고 비밀리에 보관해 오고 있었기 때문이었다.

더 충격적인 사실은 히젠토 칼집에 적힌 글귀였다.

一瞬電光刺老狐

풀이하면 '한순간에 번개처럼 늙은 여우를 베었다.'라는 뜻이다.

그리고 기증한 봉납 기록에는 '조선 왕비를 이 칼로 베었다.'라는 글이 적혀 있었다고 했다.

이와 관련해 혜민 스님 왈.

─세계 역사상 타국의 왕이나 왕비를 살해한 물건을 현 시

대까지 보관된 사례는 없다.

하지만 일본은 혜민 스님의 말에 눈도 꿈쩍하지 않음은 물론 '지나가는 개가 짖나?' 하며 먼산바라기만 하고 있었다.

그 이후에도 지속해서 '히젠토환수위원회'까지 발족해 히젠토 환수 및 폐기 운동을 벌였지만 아무런 소용이 없었다.

'전부 약소국의 설움이니 받아들일 수밖에 없는 거야.'

만약 미국처럼 강대국이었다면 일본 스스로 처분해 주기를 바라며 정중히 가져다 바쳤을 것이다.

'그때…… 무지 격분했었지.'

비록 적지 않은 세월이 흐르긴 했어도 당시는 몹시도 화가 났던 나머지 몸서리까지 쳐 댔던 게 기억이 났다.

그뿐만 아니라 2010년 당시 이 기사를 본 대한민국의 국민들은 하나같이 격분해 몸을 떨어야 했다.

더욱이 일본의 인면수심 같은 의도가 엿보이는 부분이 한국인으로 하여금 더 분노케 했다.

그들은 일국의 황후를 살해한 흉기인 '히젠토를 보관하는 것이 세계적으로 유례가 없는 일'이라 변명하며 오히려 더없이 진귀한 보물로 취급하고 있음을 은연중 강조하고 있는 것이다.

'살인에 사용된 흉기가 압수되지도 않고 민간이 소유하고 있다니……'

적어도 법치국가라고 한다면 부끄러워해야 할 일이었고, 수사학 측면에서 보더라도 당연히 있어서는 안 되는 일이었다.

하지만 대한민국의 히젠토 폐기 요청서에도 불구하고 단 한 번도 공식적인 답변이 없는 일본 정부다.

'흥! 듣고도 못 들은 척 알고도 모르쇠로 일관하고 있는 거지.'

그것도 그렇지만 더 큰 문제는 국민적 관심이 극도로 낮다는 점이었다.

'후우, 더 어처구니없는 것은 2000년인 지금은 히젠토가 존재하고 있을 것이라는 사실을 꿈에도 생각지 못하고 있다는 거지.'

여기서 더 기막힌 사실이 있다.

향후 규슈 지방을 여행하기 위해 한국의 관광객들이 유독 많이 찾는 지역이 후쿠오카이며, 동시에 후쿠오카의 명소 중 하나인 쿠시다 신사를 한국 관광객들이 반드시라고 해도 좋을 만큼 들렀다가 귀국한다는 사실이었다.

특히 쿠시다 신사에서 주관하는 기온 야마카사 축제 시즌에는 한국 관광객들이 줄을 이어 문전성시를 이룬다는 것.

기도 안 찰 일이다.

도대체가 자국의 국모인 명성황후를 잔인하게 난도질한 히젠토가 보관되어 있는 장소를 구경하면서 희희낙락하며 돌아다닌다는 게 말이 되나. 배알이 있는 민족인지 어쩐지 알 수가 없다.

담용이 더 화가 나는 것은 2010년에 쿠시다 신사에 히젠토가 보관되어 있음을 알고 있는 한국 관광객들까지도 모르쇠로 방문한다는 점이다. 그게 바로 미래 한국인들의 자화상이다.

'젠장. 일본인들이 그런 한국인들을 보고 무슨 말을 할까?'

아마도 속으로 조센징들은 배알도 없다며 비웃고도 남을 것임이 짐작되었다.

실로 부끄러운 일이 아닐 수 없다.

'그래서 애초 그런 일이 생기지 않게 내가 없애 버리려는 거고.'

꾸르륵.

'이런!'

배고픔의 신호에 담용이 얼른 시간을 보니 어느새 5시가 다 되어 가고 있었다.

'일단 뭐라도 요기를 하고 슬슬 가 보자.'

당연히 목적지는 쿠시다 신사였다.

'아참, 나디!'

나디의 호출과 동시에 담용이 손바닥을 폈다.

이제는 나디를 호출할 때마다 손바닥을 펴는 것이 버릇이 됐는지 자연스러운 행동이었다.

오로지 담용의 눈에만 보이는 나디의 실체는 여전히 농구 공만 한 구체였다.

'가져온 거 침대에다 꺼내 놔 봐. 천천히……'

또 '휙휙' 하고 빠르게 움직일까 저어해 미리 주의를 주는 담용이다.

신기한 점은 나디가 그 말대로 행동한다는 것이었다.

와르르르……

침상 위에 멈춰선 나디의 몸통에서 온갖 물건들이 쏟아지면서 금세 수북하게 쌓였다.

족히 50리터 크기의 배낭을 가득 채울 만큼의 대단한 양이었다.

즉, 나디는 배보다 배꼽이 더 크다는 말을 처음으로 실감하게 만들었다.

"후후후…… 아하하하핫!"

속으로 흐뭇한 웃음을 흘려 내던 담용이 입을 크게 벌리며 크게 웃어 댔다.

이유는 나디 덕분에 공항 검색대를 별 탈 없이 통과한 것이 통쾌해서이기도 했지만, 기실은 나디의 이런 기발한 묘용의 효력이 향후로도 무궁무진할 것 같은 예감에 대한 만족감 때문이었다.

'후훗, 나디의 효용을 잘 활용한다면, 엄청난 무기를 지녔다고 해도 과언은 아니지.'

나디는 담용을 제외한 그 누구에게도 드러나지 않는다.

거기에 사람들이 상상하는 그 이상의 공포를 느끼게 하는 묘용까지 더해진다면 생각만 해도 끔찍했다.

그렇듯 무기란 드러난 것보다 감춰진 것이 훨씬 무섭고 파괴력도 더 큰 법이다.

담용도 출국하기 이틀 전까지는 나디의 활용도가 어디까지인지 잘 몰랐었다.

그런데 무려 열 개나 되는 여권을 지니고 출국할 방법이 없어 고민을 거듭하던 중 우연히 나디의 다양한 묘용에 대해 알게 된 것이다.

한국에서야 열 개가 아니라 1백 개의 여권을 소지하더라도 국정원 인천공항지부의 도움을 받아 출국이 가능하다지만, 일본 공항에서는 탈이 날 게 빤하지 않은가?

그래서 묘안을 짜내야만 했다.

초능력자라고 해서 무소불위한 것은 아니어서 여권을 숨겨 갈 재주가 없었던 것이다.

여권만 해도 유사시를 대비해 열 개나 준비해야 했으니 다른 물품이야 말할 것도 없었다.

자연 준비물을 최소화하기 위해 고민에 고민을 거듭하던 차였다.

한데 하느님이 보우하셨는지 나디가 담용의 그런 고민을 알아챘는지 책상에 늘어놓은 여권들을 죄다 잡아먹어 버리는 것이 아닌가?

아니, 표현이 그렇다는 것이지 사실은 나디 스스로가 자신의 몸체에다 숨겼다고 해야 옳았다.

그 당시, 정말이지 평소 간담이 작지 않다고 자부하던 담용도 기절초풍할 정도로 놀라 엉덩방아까지 찧었었다.

'후훗, 처음에는 나디가 다 먹어 버린 것으로 오해했었지.'

그런 오해를 할 법도 한 것이 투명하다 할 수 있는 나디의 구체임에도 불구하고 날름 삼켜 버린 물품들을 볼 수가 없었던 것이다.

또한 제멋대로 토해 내거나 물품을 손상시키지도 않았다.

황당해진 담용이 '토해 내.'라고 말했을 때야 비로소 나디가 먹이로 삼은 것이 아님을 알았다.

나디에게 그런 묘용이 있음을 안 담용은 다른 것을 떠나 그 가치가 무궁무진할 것이라는 생각부터 했다.

-이, 이건 기적이야!

아울러 퍼뜩 떠오른 것은 여권을 나디에게 맡겨서 출국하는 방법이었다.

과연 가능할까 하는 불안한 면이 없지 않았지만 그것은 기우에 불과했다.

온갖 물품을 검색할 수 있는 첨단 장비를 갖춘 일본의 공항 검색대를 유유히 통과한 것이다.

이는 엑스선 투시에 전혀 감지되지 않는다는 것을 의미했다.

'묘용이 더 있는지 시험해 볼 여유가 없었던 것이 안타까웠지.'

뭐, 시험해 보는 거야 언제든지 가능하니 일단 출국부터 한 것이다.

담용이 지체하지 않고 출국할 때 꼭 지니고 갈 물건들을 차례차례 내보이며 '이거 다 보관할 수 있겠어?'라고 의지를 전하자, 과연 나디는 담용의 기대를 배신하지 않았다.

놀랍게도 두꺼비 파리 잡아먹듯 물품들을 날름날름 삼켜 버렸던 것이다.

상상이 실체화됐을 때의 그 짜릿함에 얼마나 기함을 했던지 그때의 경악이 지금까지도 충격으로 남아 있을 정도였다.

물론 공짜는 아니어서 나디가 물품을 보관하는 동안은 차크라가 끊임없이 소모되는 것은 감수해야 했다.

게다가 양이 많아지거나 혹은 가짓수가 늘어날수록 소모되는 양도 그만큼 증가하는 것은 당연했다.

그나마 다행인 점은 차크라의 양이 대폭 늘어난 덕분에 견디지 못할 정도는 아니라는 것이었다.

뭐, 아직도 차크라의 양이나 나디의 묘용에 대해 한계를 짓지 못하고 있는 상태지만, 담용은 그것만으로도 충분히 고무된 바가 있었다.

남들의 눈에 보이지 않는 커다란 가방이 생겨 자신을 졸졸 따라다닌다고 상상을 해 보라.

또 그 효용이 얼마나 클지는 미루어 짐작할 수 있는 일이 아닌가?

그 효용을 보여 주기라도 하듯 나디는 공항 검색대를 무사 통과했다.

그뿐만이 아니었다.

보관 물품의 양에 관계없이 원래의 농구공 크기 그대로 유지되는 것은 물론 택시같이 좁은 장소에 갇혀서도 전혀 지장을 받지 않는다는 점이 담용을 무척 흡족하게 했다.

가히 앞으로의 활약이 기대되는 나디의 공간이랄 할 수 있었다.

어쨌든 소지품 중 가장 눈에 띄는 건 열 개나 되는 여권이었다.

각기 국적, 이름, 생년월일, 여권 번호가 달랐는데, 심지어는 성별란에 여성을 표시하는 'F'가 기입된 여권도 두 개나 됐다.

이는 위기에 처해 도주할 때와 같은 비상시를 대비한 것으로, 최악의 상황에만 사용할 작정으로 준비한 스펙이었다.

여권 다음에는 아무래도 부피가 큰 옷가지들이었다.

당연히 만약을 대비한 여성 옷도 준비되어 있었다.

나머지는 휴대폰, 비상용 간식, 구급약품, C4 폭약, 세면 도구, 물, 사탕과 초콜릿, 달러와 엔화 등 그 외에도 잡다하지만 꼭 필요한 물품들로 구비되어 있었다.

현재 구비된 물품만으로도 최소한 일주일은 버틸 수 있도록 담용이 준비한 것이다.

'나디, 이제 보관해 둬.'

의지가 전해지는 즉시 나디가 물품들을 잡아먹어 버려 침상이 깨끗해졌다.

'준비물 중 압권은 이 시계지.'

아, 나디는 예외로 치고.

평소 늘 차고 다니던 듀얼 시계 대신 국정원에서 특별히 지급받은 시계로, 시간을 확인하기 어려울 정도로 색상이 까맸다.

이는 담용의 홍채로만이 시간을 확인할 수 있는 전용 시계였기 때문이다.

해외로 파견되는 블랙요원들은 임무를 수행하러 파견되는 경우, 특수 제작된 시계를 차고 나간다.

시계에는 온도계, 습도계, 나침반, GPS, 플래시, 강선, 독액, 등이 탑재되어 있었다.

하지만 담용이 지급받은 시계는 보다 강화된 신제품으로, 위성통신기 외에 몇 가지가 더 첨가되어 있었다.

당연히 고출력 샤크 안테나도 탑재된 상태다.

국정원에서 처음으로 지급받은 물품이다 보니 이제야 담용은 자신이 대접을 받고 있다는 기분이 들었다.

'이제 가 볼까?'

나디에 전부 보관한 상태라 준비랄 것도 없어 담용은 간단한 백팩만 어깨에 걸치고는 홀가분하게 객실을 나섰다.

오늘의 주 목적지는 쿠시다 신사였다.

'우선 배부터 채우고.'

간단한 라멘 한 그릇과 초코바 두 개 그리고 페트병에 든 물 한 통을 전부 들이켜는 것으로 허기를 채운 담용은 오후 5시가 조금 넘어서야 쿠시다 신사로 향했다.

초코바를 먹은 것은 지금도 정수리에 앉아 있는 나디로 인해 체내의 당분 소모가 심했던 탓에 꼭 섭취해야 하기 때문이다.

아, 물을 들고 다니며 상시 섭취하는 것 역시 요 며칠 사이에 나디로 인해 생긴 습관이었다.

아직은 나디로 인한 식습관이 몸에 배지 않은 담용이었지만 나름대로 최선을 다하고 있었다.

특히 달달한 것에 익숙지가 않아서 애를 먹고 있는 중이었다.

'과연 일본인……'

쿠시다 신사가 24시간 개방이라 어둠이 깔릴 시간에 맞
추느라 지금은 조금 돌아서 커낼시티를 천천히 구경하며
걷고 있던 담용의 고개가 절로 끄덕거릴 정도로 풍경이 아
름다웠다.

고층의 도심 건물 사이로 절묘하고도 기기묘묘한 디자인
으로 물을 흐르게 해 놓은 예술적인 설계에 문외한인 담용의
입에서도 찬탄이 흘러나올 정도로 캐널시티는 눈길을 사로
잡았던 것이다.

'잘해 놨네.'

칭찬하고 싶지는 않지만 인정할 것은 인정해야 했다.

그 연유는 작거나 볼품없는 것, 그러니까 뭇사람들이 눈길
한 번 주지 않고 그냥 지나치기 쉬운 곳까지 정성을 들여 꾸
며 놓은 것에서 기인했다.

그 점이 과연 일본인답다는 생각이 들게 했던 것이다.

'도심의 빌딩 사이로 수로를 내서 풍치를 더하게 만들다
니…… 청계천과는 또 다른 맛이군.'

청계천과 커낼시티가 살짝 비교가 됐다.

아직은 시작도 하지 않았지만 2005년 청계천 복구를 완료
했을 때와는 보는 맛이 또 달랐다.

먹거리로 치면 한국의 된장국과 일본의 미소시루라고나
할까?

바인더북

'하, 더 구경하고 싶은 마음이 들게 하는군.'

굳이 쿠시다 신사를 가 볼 필요가 있을까 싶을 정도로 커낼시티가 '복합 시설의 조화로움은 이런 것이다.'라는 것을 보여 주다 보니 계속해서 담용의 시선을 끌고 있었다.

수많은 오피스동과 호텔, 상업시설 들과 더불어 극장과 스튜디오 등 문화와 편의 시설들을 고루 갖추고 있었다.

'여기만 해도 볼거리가 풍성하니 굳이 쿠시다 신사를 가볼 필요도 없겠군.'

사실 볼거리로 치면 4년 전인 1996년에 완공한 커낼시티를 구경하는 것이 쿠시다 신사보다 백배는 더 나을 것이다.

신사라 해야 고풍스러운 건물과 그에 어울리는 고즈넉한 분위기밖에 더 있겠는가?

뭐, 참배객을 볼 수야 있겠지만 남이 믿는 신神에 관심이 갈 리가 없는 담용이었다.

'축제 때라면 볼거리가 풍성할지도……'

쿠시다 신사는 봉납 제사 때에 맞춰 매년 축제를 여는데 그것을 기온 야마카사라고 했다.

남자들이 가마를 메고 달린다나 어쨌다나?

그때 메고 달렸던 가마가 신사에 전시되어 있다고 하니 어떻게 생겼는지 볼 작정이었다.

'가마의 이름이 오이야마라고 했던가?'

하지만 담용은 오이야마고 십이야마고 간에 한국인이라면

히젠토를 대한민국에 돌려주기 전이나 아니면 일본 스스로 없애기 전에는 쿠시다 신사를 방문하는 것을 극구 말리고 싶었다.

모르고 방문했다?

모르고 지은 죄도 죗값을 받기 마련임을 알아야 한다.

무엇보다도 명성황후의 넋이 있다면 자신을 찌른 칼이 보관된 신사 앞에서 후손들이 즐기며 관광하는 모습을 보고 어떤 심정일까를 생각해 보라.

아마도 한 가닥 희망마저 사라져 버리는 것 같은 마음에 눈도 감지 못하고 울분에 젖어 있지 않겠는가?

이제라도 후손들이 알아서 비록 넋일망정 희망을 갖게 했으면 좋겠다.

설사 방문을 하더라도 호기심보다는 숙연한 마음을 가지고 둘러보기를 권한다.

거기에 입술 한번 질끈 깨묾과 동시에 주먹을 꾹 쥐어 보이는 것으로 각오를 다진다면 명성황후의 넋도 희망을 볼 것이 아닌가?

신성한 신사에 와서 왜 각오를 다지느냐고 묻는다면 이렇게 말하겠다.

신사란 본시 옛날부터 전해져 오기를 지역의 안녕과 풍요를 기원하는 의미에서 세워진 것이기 때문이다.

그럼에도 불구하고 안녕과 번영과는 하등 관계없는 흉기

인 히젠토를 관계자에게 돌려주지 않고 보관하고 있다는 것은 말이 안 된다.

설사 그것이 기증받은 것이라고 해도 수탁자의 소유이니 임의로 처분할 수 있지 않은가?

더욱이 히젠토가 지닌 의미를 생각하면 쿠시다 신사의 행위는 신성한 사당이라는 것과는 이율배반적인 행태라고 볼 수밖에 없다.

쿠시다 신사 측이 2010년, 혜민 스님 등이 반환을 요구했음에도 들은 척도 하지 않았다는 것만 봐도 알 수 있다.

히젠토는 살인범이 남긴 증거물일 뿐이지 않은가?

'7백 년이나 이어 온 전통 축제라니……'

솔직히 대단하다는 생각은 들었다.

'하지만 그 대단함이 위선에 찬 것이라 오히려 역겹게 느껴짐은 나만의 생각일까?'

혹시라도 남의 나라의 문화라고 폄훼하느냐고 묻는다면 아니라고 대답하겠다.

무슨 말인지 이해가 안 간다고?

어찌하여 남의 나라 문화는 여지없이 말살해 놓고, 자신들의 문화는 오래도록 보존하고 전승해 지금은 행사로까지 즐기고 있느냐는 것이다.

한국인이라면 부아가 치밀어 오르지 않겠는가?

자기들 문화가 소중하면 남의 나라 문화도 소중히 여겨야 하는 게 상생이자 인간 존중의 기본이다.

그럼에도 일본은 그런 배려는 전혀 없이 남의 문화를 깎아내리는 것도 모자라 말살하려고 했던 후안무치한 나라다.

이건 대한민국이 들춰내지 않아 그렇지 까발릴라 치면 헤아릴 수 없이 많다.

고로 일본은 그런 문화를 즐길 자격이 없는 민족인 것이다.

미국 같은 강자에게는 약하고, 대한민국같이 만만하게 보이는 국가에게는 강하게 구는 비겁한 족속들이 바로 일본이다.

멀리 갈 것도 없이 위안부 문제만 봐도 알 수 있다.

중국에게는 일찍이 사과를 해 놓고, 한국에 대해서는 기억의 저편에 이르기까지 사과를 하지 않는 것만 봐도 알 수 있지 않은가?

'이웃이라고 하필이면 일본 같은 나라를 만나 가지고……'

대한민국으로서는 그게 불행의 씨앗이라면 씨앗일 것이다.

사람이 살아가는데 곁에 좋은 이웃이 있다면 정말 선물같이 다가온 소중한 인연이라 할 수 있다.

하지만 일본 같은 패악을 저지르는 이웃이 있다면 그건 불행 중에도 큰 불행에 속한다고 할 수 있다.

물론 일본인 전체를 싸잡아 폄훼하는 것은 아니다.

한국인들은 일본의 이미지를 흐리는 자들이 대부분 좁디 좁은 개울을 떠나지 못하는 미꾸라지 정치인들임을 다 알고 있다.

그들은 정치가가 아니라 눈썹 한 올 꿈적이지 않고 뻔뻔한 거짓말을 해 대는 정치꾼들일 뿐이다.

'쯧, 손을 대가리에 박아 넣어 헤집어서라도 무슨 생각을 하는지 알고 싶군.'

정말 할 수만 있다면 그러고 싶었다.

'쩝, 일본만을 탓할 수가 있나?'

다른 면으로 보면 대한민국도 잘한 것이 없다고 본다.

아마 한국인이라면 누구나 한 번쯤은 이런 생각을 해 봤을 것이다.

만약 우리가 강했다면 일본이 임진왜란 때처럼 침탈하지도 않았을 것이고, 일제강점기도 없었을 것임은 삼척동자도 안다.

인간이라면 왕성하다 못해 넘치는 혈기를 풀고 싶어 하는 건 본능일지 모른다.

즉, 누군가에게 시비를 걸고 싶은 것이다.

그런데 옆집 먹물 하나가 늘 점잔만 빼며 뭘 좀 안다고 거들먹거리는 게 아니꼽다면 한 대 쥐어박고 싶지 않겠는가?

조선과 일본이 딱 그 짝이었다고 할 수 있다.

결론은 조선을 이어받은 우리가 아직도 정신을 못 차렸다면 스스로를 탓해야 하지 않겠는가?

고로 일본을 탓하기에 앞서 대한민국 스스로가 반성하며 다시는 그런 일이 반복되지 않도록 각자가 맡은 바 일에 최선을 다해야 할 것이다.

그러다 보면 언젠가는, 아니 머지않은 시일 내에 부국에 이은 강병을 일굴 것이고, 복수는 그때야 가능하리라 본다.

'그래도 쿠시다 신사로 관광을 오는 건 좀 아니지.'

이건 자존감의 문제다.

적어도 명성황후를 국모로 여기는 사람이라면 히젠토가 보관되어 있는 쿠시다 신사로 와서 깔깔거릴 것이 아니라 차라리 다른 곳으로 가서 즐기는 것이 그나마 자존감을 지키는 일일 것이다.

'엉?'

상념에 잠겨 걷다 보니 어느새 갈림길이었다.

담용의 눈앞에 쿠시다 신사로 가는 팻말이 오른쪽을 가리키고 있었다.

'아쉽군.'

그만큼 볼거리가 풍성했던 탓에 아쉬움을 뒤로한 채 발길을 돌렸다.

어차피 한가하게 시간을 낸 관광객도 아니었고, 더군다나 히젠토만 생각하면 몸에서 열불이 나고 있는 상황이라 구경을 하면서도 마음이 불편했다.

그렇게 커낼시티를 떠나 주변을 천천히 구경하며 쿠시다 신사에 도착하니 해거름임에도 입구부터 각양각색의 차림들로 북적북적했다.

'관광객들이 대부분이군.'

차림새도 그랬지만 동서양인이 혼재된 모습만 봐도 금방 알 수 있는 행색들이었다.

'은행나무?'

절정을 이루던 노란 단풍도 거의 사라진 은행나무는 엄청 컸고, 족히 5백 년 이상은 묵어 보였다.

'입장료는 없는 것 같고…….'

스스럼없이 신이 다닌다는 문을 지나니 쿠시다 신사에 대한 설명문이 보여 잠시 멈췄다.

'757년에 건립…… 하카타 주민들의 수호신…… 다이라노 기요모리가 헤이안 시대 말기에 신의 계시에 따라 이곳에서 제사를 지내고 신사를 세웠다. 기온 야마카사 축제의 출발지점…….'

내용은 대충 그런 것들로 쓰여 있어 흥미를 잃은 담용이 금방 지나쳤다.

그의 목적은 어디까지나 히젠토에 있었기에 설렁설렁 구경하는 같지만 심안은 구석구석을 예리하게 살피고 있는 중이었다.

히젠토를 보관하고 있을 만한 건물이 어딜까 하고 찾는 것이지만.

'소, 말, 두루미······.'

동물 조각상이 제법 많았다.

'물? 아, 손 씻는 물이 저거로군.'

동그란 물통에 물을 떠서는 몸을 정갈히 하는 의미에서 손을 씻으라고 준비해 놓은 것이다.

굳이 씻을 필요가 없는 담용이 그냥 지나치니 이번에는 물소 뿔 모양의 처마에 짚을 꽈배기처럼 엮어 대들보처럼 매달아 놓은 사당이 눈에 들어왔다.

'사당이로군.'

때마침 사람들이 두 손을 모은 채 기도를 하고 있는 모습을 볼 수 있었다.

발걸음을 멈추고 잠시 주시를 해 보니 묵례에 이어 박수를 치고는 잠시 묵상하다가 로프에 붉은 끈을 덧댄 줄을 잡아당기는 식이었다.

'절차가 꽤 복잡한걸.'

한국은 그냥 정중하고 성의를 다한 절이면 되는데 반해 일본 신은 좀 유별나서 복잡한 걸 좋아하나 보다.

안쪽으로 들어서자, 소원이나 기원을 적어 놓은 묶음들이 사각이 진 화단의 줄에 줄줄이 묶여 있는 모습이 보였다.

'사람이 사는 데는 다 비슷하군.'

바인더북

자신과 가족들의 건강과 안녕을 비는 것이야 일본인들이라고 다를까.

'저건 운세를 짚어 보는 거고…….'

요즘 새롭게 장착한 기억의 보고를 더듬으니 '오미쿠지'라는 것이었다.

기도처를 지나 안쪽으로 들어가니 입구의 번잡함에 비해 사람들이 별로 없어 한결 조용한 편이었다.

그런데 두꺼운 대문 앞에서 하얀 상의에 붉은 치마를 입은 포니테일 머리의 여성이 마당을 쓸고 있는 것이 보였다.

'그래, 어차피 물어도 대답하지 않겠지만 그냥 갈 수는 없지.'

무녀에게는 화장기라고는 없었고 생얼 그대로의 순수함이 돋보였다.

담용이 다가가자, 인기척을 느꼈는지 무녀가 동작을 멈추고 담용을 쳐다보았다.

"여긴 못 들어갑니까?"

"들어가셔도 됩니다. 다만 신궁을 관리하는 무녀들이 생활하는 곳이니 밖에서 구경만 하셔야 해요."

"아, 그건 염려하지 않으셔도 됩니다. 그냥 구경만 할 거니까요. 근데 더 안쪽으로 들어가 구경할 수 있나요?"

"그럼요. 조금 더 들어가시면 뒤뜰로 통하는데, 그곳에 신들을 모신 사당이 더 있으니 얼마든지 구경하세요. 믿는 신이 있으시면 기원을 해도 되고요."

"아, 고맙습니다. 한 가지 더 묻죠. 여기 히젠토라는 칼이 보관되어 있다고 들었는데, 어디에 전시되어 있나요?"

"그건…… 잘 모르겠습니다."

눈빛이 살짝 흔들리던 무녀가 곧바로 머리를 저으며 말했다.

"저는 무녀가 된 지 얼마 되지 않아 아는 게 많지 않아서 그런 게 있다고 해도 알지 못해요."

"아, 중국에서 히젠토를 볼 수 있지 않을까 하고 신사에 들렀는데…… 아쉽네요."

말끝을 흐리며 진한 아쉬움이 담긴 표정을 짓던 담용이 단서라도 잡을까 싶어 다시 물었다.

"혹시 볼 수 있는 방법은 없나요?"

절레절레.

"제가 아는 바로는 칼이 전시된 곳 자체가 없어요."

'역시 숨겨 놓았군.'

"중국분이신데 일본어를 잘하시네요."

"하핫, 일본어를 전공하고 있거든요."

"아……."

고개를 끄덕거리던 무녀가 한결 나긋해진 음성으로 물어왔다.

"저기…… 그런 칼이 있다는 건 어디서 들었어요?"

"학교 동아리에서요."

"누군지는 모르지만 헛소문을 퍼뜨렸네요. 여긴 신사예요. 칼 같은 걸 보관하고 있을 리가 없잖아요?"

"그, 그렇군요. 그럼 마음대로 돌아다녀도 된다 이거죠?"

"본전과 입입금지 지역만 아니면 돼요."

입입금지는 한국말로는 출입금지를 말했다.

"고맙습니다."

"네, 좋은 시간이 되시길 바랄게요."

예의 바른 무녀의 인사를 뒤로하고 안쪽으로 조금 들어갔을 때, 때마침 불이 하나둘씩 밝혀지고 있었다.

다소 음침해 보였던 신사가 한결 밝아졌고, 시야에 제법 많은 도리이들이 세워져 있는 것을 볼 수 있었다.

도리이는 두 개의 돌기둥에 두 개의 돌을 가로로 질러 놓은 듯한 모형이다.

이어 마치 인형이 들어 있을 만한 장난감 집 같은 앙증맞은 사당도 눈에 들어왔다.

촘촘히 붙어 있지만 각기 다른 신을 모신 사당들이다.

'뭔 신이 이리도 많은지 원⋯⋯.'

어쨌거나 그런 것들에는 전혀 관심이 없는 담용의 시선은 건물을 살피기에 여념이 없었다.

'유명세만큼 대단할 게 없는데⋯⋯.'

하기야 신사로 이름난 곳이니 건물이야 아무려면 어떠랴?

오랜 역사만큼 빛바랜 목조건물들의 의미는 수도 없이 거쳐 갔을 이들 선조들의 흔적에 있는 것을.

'그나저나 자칫했다간 헛걸음할 것 같은데?'

아무래도 밤에 은밀히 잠입해 찾아야 할 것 같았다.

'24시간 개방이라……'

사실 은밀히 잠입하기에는 부담이 되는 악조건이었다.

'엉? 저긴 뭐 하는 곳이기에 문이 꽉 닫혀 있는 거지?'

쭉 지나 오다 보니 숨길 것 하나 없다는 듯이 거의 개방되어 있었던 터라 유독 이곳만 문이 닫혀 있다는 것이 어색하게 다가왔다.

역시나 출입문에 '立入禁止(たちいりきんし)'라는 붓글씨 종이가 부착되어 있었다.

담장도 꽤 높아서 점프를 하지 않고는 안을 볼 수 없게 해 놓았다.

'타치이리킨시……'

입입금지라는 일본어다.

'문이 닫힌 곳은 넘보지 말랬으니……'

무녀의 말을 떠올린 담용이 굳이 볼 생각도 없어 발길을 돌렸다.

한데 그 순간, 기감에 뭔가 강한 기운이 잡히는 느낌에 돌아서려던 담용이 흠칫하며 걸음을 멈췄다.

'엉? 이 기운은…… 뭐지?'

어딘가 강인하면서도 묵직한 기운, 아니 강한 기운이 묵직하게 뭉쳐 있는 듯한 느낌에 더 가까웠다.

담용이 재빨리 주변을 훑었다.

삼삼오오 짝을 지은 관광객들이 제법 보였다.

그들 역시 주의를 받았는지 아니면 입입금지라는 글귀를 본 것인지 굳게 닫힌 문은 들여다볼 생각도 않고 담용의 앞을 지나쳐 갔다.

'흠, 이대로 발길을 돌리기에는 너무 껄끄러운데…….'

그렇다고 호기심을 충족시키고자 신사의 담을 넘는 건 조금 아닌 것 같아 포기했다.

그러나 왠지 쉽게 발길이 떨어지지 않았다.

천천히 발걸음을 떼던 담용이 나디를 떠올렸다.

'혹시 나디라면 방법이 있지 않을까?'

나디를 전가의 보도처럼 여겨서가 아니라 이런 경우에도 제 역할을 할 수 있느냐는 것이 궁금했다.

'시험이 잦을수록 그만큼 아는 것이 많아질 테지.'

2단계 차크라의 나디는 아직 담용에게 친숙하지 않은 면이 있었다.

더욱이 감응을 통해 소통이야 가능하다고 해도 서로 대화를 할 수 없다는 게 답답했다.

대화를 할 수 없다 보니 그만큼 대처하는 속도가 느릴 수밖에 없다.

그래서 별로 기대는 하지 않지만 지금으로서는 궁금증을 풀 수 있는 유일한 방법 같아 나름 담장 안을 상상하며 의지를 전했다.

　'나디, 안에서 뭘 하는지 알아볼 수 있어?'

　꿀렁.

　정수리가 내리눌렸다가 용수철처럼 다시 원위치가 되는 기분이 들 때, 나디의 기운이 담용에게서 멀어지는지 희미해졌다.

　'헐, 지가 꼭 뭘 할 수 있는 것처럼 움직이네.'

　일단 기다려 보기로 한 담용은 나디가 돌아올 때까지 장난감 같은 앙증맞은 신사를 구경하는 척하며 서성거렸다.

나디, 학습하다

그 시각, 담용과 대화를 나눴던 예의 무녀는 담용이 안으로 들어가는 것을 보고는 그길로 종종걸음을 쳐 건물 안으로 들어갔다.

건물 안은 사무실 용도로 사용하고 있는지 신직, 즉 신사의 직원들로 대부분 여성으로 채워져 있었다.

무녀는 사무실 안쪽으로 다가가며 제법 나이가 있어 보이는 여성을 불렀다.

"미오 님."

"하나코 상, 무슨 일이에요?"

"저기 잠시 귀 좀……."

"……?"

아미를 살짝 찡그린 미오가 귀를 내주자 하나코가 속닥거렸다.

"혹시 몰라서 보고하는 건데요. 조금 전에 중국인 청년이 히젠토에 대해 물어봤어요."

"뭐? 히젠토?"

"네, 혹시 뭔지 알아요?"

"아, 아니. 몰라. 지금 그 중국인 청년은 어딨어?"

"안쪽 뜰로 향하는 걸 보고 왔어요."

"다른 말은 없었고요?"

"히젠토에 대해 꼬치꼬치 물어서 그런 건 없다고 했더니 무척 아쉬워했어요."

"확실히 없다고 했어요?"

"네, 혹시 있다고 해도 저는 모르는 일이잖아요?"

"그 청년에게 주의할 점을 일러 줬나요? 지금 중요한 제사를 지내고 있는 중인 거 알죠?"

"그럼요. 본전과 입입금지 지역은 출입할 수 없다고 말해 줬어요."

"알았어요. 그 청년은 내가 맡을 테니 하나코 상은 하던 일이나 하세요."

"네."

하나코가 물러가자, 미오는 그 즉시 자리를 떠나 바쁜 걸음으로 사무실을 나갔다.

나디는 그냥 한번 쓱 둘러보고 왔는지 금세 돌아왔다.

'벌써?'

약간 실망스러운 기색을 띤 담용이 밑져야 본전이란 마음으로 의지를 보냈다.

'나디, 뭘 봤어?'

말이 떨어지는 순간, 담용의 눈앞을 가득 채우는 영상이 쫙 펼쳐졌다.

"헛!"

깜짝 놀란 담용은 저도 모르게 헛바람을 불어 내며 뒤로 한 발짝 물러섰다.

'뭐, 뭐야?'

한 발짝 물러선 만큼 다가오는 영상에 잠시 주춤거린 담용이 이내 나디가 보낸 것이라 여겨 정신을 차리고는 얼른 주변을 둘러보았다.

채 열 명도 안 되는 관광객들은 담용에게 전혀 신경 쓰지 않는 모습들이었다.

'후우, 이것도 나만 볼 수 있는 건가?'

이로써 나디와 감응할 수 있는 특화된 사람만이 보고 느낄 수 있음이 재차 확인이 됐다.

'호, 홀로그램 영상……'

SF물의 영화에서나 나올 법한 영상이 나디에 의해 재현될 줄은 상상도 하지 못한 담용이었지만, 그 어떤 의문을 느낄 새도 없이 화면에 나타나는 그림에 집중하기 시작했다.

화면의 그림이 어디서 많이 보던 장면이었기 때문이었다.

다름 아닌 야쿠자 영화에서나 나올 법한 의식을 치르는 것 같은 모습이었다.

사내들은 모두 검은 양복 차림이었고, 족히 20여 명은 되어 보였다.

몇 명이 정좌를 한 자세로 바닥에 찧듯이 절을 하고 있었고, 나머지는 머리만 까닥 숙친 채 부동자세로 둘로 서 있었다.

대번 이들이 야쿠자들이라는 생각이 들었다.

'뭘 하고 있는 거지?'

담용의 시선이 사내들이 보고 있는 곳으로 향하자, 나디가 알아서 영상을 옮겨 전면을 확대시켰다.

실로 경이로운 나디의 능력이었지만 담용은 감탄할 새도 없이 중앙 벽에 욱일승천기가 걸린 것을 보고는 눈살을 찌푸려야 했다.

그 아래에는 비교적 간단한 제사상이 놓여 있었고, 그 안쪽에 위패 두 개가 나란히 세워져 있었다.

'죽은 두목의 제삿날이라도 되나?'

담용의 시선이 전면으로 향했다.

'엉?'

눈에 힘을 준 담용이 가운데 위패를 자세히 살펴보았다.

'뭐? 토, 토오…… 가츠아키?'

위패의 이름을 확인한 담용이 내심 크게 놀랐다.

藤勝顯

담용이 잘못 알지 않았다면 위패는 분명히 토오 가츠아키
가 맞았다.

'뭐야? 오늘이 가츠아키 놈의 제삿날이었어?'

토오 가츠아키가 누구던가?

바로 명성황후를 히젠토란 칼로 잔인하게 죽인 놈이 아니
던가?

이런 우연이라니.

하지만 엄혹한 현실은 담용으로 하여금 외나무다리에서
원수를 만난 듯 가슴 저 밑바닥에서부터 열기가 치밀어 오르
게 했다.

'흥! 그런 짓거리를 해 놓고 여태껏 후손들에게 제삿밥을
얻어먹고 있었단 말이지?'

뭐, 운이 좋은지 어떤지는 모르지만 가는 날이 장날이라고
어찌 이리도 날짜를 딱 맞추었을까?

'하긴 이상할 것은 없지.'

히젠토가 보관되어 있는 신사에 그 칼의 임자인 토오 가츠아키의 위패가 있는 것이야 당연한 일이지 않은가?

문득 나머지 위패에 관심이 가서 살펴보았다.

李周會

'이주회?'

담용은 성씨만 보고 일본인이 아님을 단박에 알 수 있었다.

'이주회, 이주회……'

누군지 당장 기억나지 않았던 탓에 계속 이름을 읊조리며 기억의 창고를 더듬었다.

그러자 순식간에 이주회가 어떤 작자였는지 담용의 뇌리로 주르륵 떠올랐다.

그와 동시에 대번 분기에 찬 주먹을 부르르 떠는 담용이었다.

'이놈은 토오 가츠아키보다 더 나쁜 자식이었군.'

조선인이면서 국모를 시해하는 데 주범으로 앞장섰던 매국노.

그것도 모자라 일본의 만행에 면죄부까지 제공한 천인공노할 대역적이었다.

이주회는 조선 말기의 무관직 관리로, 명성황후시해사건

에 참여한 조선인들 중 주범이었다.

당시 일본은 명성황후시해사건이 만행이라는 국제사회의 여론에 밀려 살해범으로 지목된 48명의 용의자를 전부 도쿄로 소환했다.

그러나 일본 법정은 얼마 지나 않아서 증거 불충분을 들어 이들 전원에게 무죄를 선고했다.

고로 일국의 국모를 죽인 일본 자객들 중 처벌받은 사람은 아무도 없었던 것이다.

오히려 48인은 일본에서 애국지사로 칭송받으며 승승장구했다.

한데 어찌해서 일본 자객들이 무죄판결을 받게 된 것일까?

바로 조선인들 중 대역죄인으로 체포됐던 이주회가 자복한 일이 있었기 때문이었다.

―내가 황후를 살해했다.

즉, 자신이 진범임을 자복한 것이다.

일본은 이를 적극 이용해 48인을 석방시켰다.

물론 세계의 여론은 일본이 눈 가리고 아웅 한다며 비난을 쏟아 냈지만, 어차피 한 치 건너 두 치의 일이라 사건은 금세 잊혀 버렸다.

그야말로 생각하면 할수록 비참한 구한말의 막장 드라마가 아닐 수 없다.

'하! 이걸 어떻게……?'

담용은 이런 기막힌 기회를 어떻게 꿰어야 최상의 조합이 될지 고민이 됐다.

이주회의 자복은 미스터리로 남았지만 그 이면을 보면 그가 극단적인 친일파라는 점이 있었다.

이주회는 당시 명성황후와 대립각을 세우고 있던 대원군의 심복으로, 갑신정변이 일어나자 일본 도피했다.

그때, 일본 극우세력들과 친교를 맺고는 조선 침략의 선봉이 된다.

그 공로로 일본 공사의 천거로 지금의 국방차관에 해당하는 군부협판의 자리에 오른다.

그로부터 1년 후, 이주회는 명성황후 시해에 가담한 조선인 총책이 된다.

이주회 왈.

─명성황후가 죽어야 나라가 살고 조선과 일본의 협력 관계가 유지될 수 있다.

'미친놈, 흑룡회의 첩자 주제에…….'

흑룡회는 일본 극우 세력의 깡패 조직이다.

즉, 이주회는 갑신정변 당시 일본으로 도피했을 때, 흑룡회의 골수 단원이 된다.

그리고 흑룡회는 명성황후를 시해한 자객들이 속한 조직이었다.

따라서 이주회는 명성황후를 살해하는 데 단순 가담자가 아닌, 사실상 일본 자객들과 같은 조직원이었던 것이고, 고로 군부협판의 자리에까지 오른 밑바탕에는 흑룡회의 압력이 있었던 것이다.

'흥, 군부협판의 위치에 있었으니 궁궐에 난입한 일본 자객들을 명성황후가 머무는 건천궁으로 안내할 수 있었겠지.'

생각을 거듭할수록 그런 놈들이 날뛰는 걸 눈뜨고 빤히 두고 본 당시 위정자들까지 얄미워졌다.

'쯧, 난신적자亂臣賊子들만 있었던 것도 아니었을 텐데……'

문득 이 모든 사건을 배후에서 조종한 원흉인 이토 히로부미가 생각났다.

아울러 이토 히로부미를 죽인 안중근 장군도 떠올랐다.

'안 장군님이 이토 히로부미를 죽인 것은 정당한 처사였어.'

나라가 힘이 있었다면 죄도 되지 않았을 사건이지만 불행히도 그렇지 못했다.

안중근 장군이 이토 히로부미를 죽인 이유는 무려 열다섯

가지 항목이나 됐고, 그것도 법정에서 당당하게 밝힌 바가
있었다.

담용은 기억이 나는 대로 그 항목들을 더듬어 보았다.

제1 명성황후를 시해한 죄.

제2 한국 황제를 폐위한 죄.

제3 을사오조약과 정미칠조약을 강제로 체결한 죄.

제4 무고한 한국인들을 학살한 죄.

제5 정권을 강제로 빼앗은 죄.

제6 철도, 광산, 산림, 천택川澤을 강제로 빼앗은 죄.

제7 제일은행권 지폐를 강제로 사용한 죄.

제8 군대를 해산시킨 죄.

제9 교육을 방해한 죄.

제10 한국인들의 유학을 금지시킨 죄.

제11 교과서를 압수하여 불태운 죄.

제12 한국인이 일본의 보호를 받고자 한다고 거짓말을 퍼
뜨린 죄.

제13 한국이 태평무사한 것처럼 천황을 속인 죄.

제14 동양평화를 깨뜨린 죄.

제15 일본 천황의 아버지 태황제를 죽인 죄.

구구절절 그릇된 말이 하나도 없다.

물론 한국인의 입장에서 봤을 때의 얘기겠지만 말이다.

'죽어도 싸네.'

한 사람의 죄목이 저렇게 많은 것도 쉽지 않을 것이다.

그러나 마지막 항목은 좀 아이러니했다.

일본 왕이라 칭하지 않고 천황이라고 호칭한 것과 또 그의 아버지를 죽인 죄를 두고 조선인이 간섭한다는 것이 옳은 것인지는 모를 일이었다.

'어디 또 뭐가 있나 보자.'

영상은 담용이 봤던 제단 화면에서 마치 일시 정지 버튼을 누른 것처럼 멈춰 있었다.

이는 담용의 생각이 멈추면 나디도 따라서 거기에 동조한다는 의미여서 담용이 일일이 의지를 전하지 않아도 되었다.

제단 주위에 고개만 숙인 채, 장승처럼 둘러싼 사내들이 보였다.

그러다가 두 명의 사내가 깃발을 펼쳐서 제단 쪽을 향해 들고 있는 모습을 본 담용이 눈을 모았다.

'어? 뭐야? 저건?'

극진흑룡회極盡黑龍會.

'엉? 흐, 흑룡회!'

혹시 잘못 봤나 싶어 눈을 비비고는 다시 쳐다봤지만 분명히 '극진흑룡회'라 쓰여 있었다.

그것도 까만 벨벳 바탕에 금실로 박음질한 글씨체로 말이다.

'뭐야? 아직도 흑룡회란 단체가 존재하고 있다고?'

담용이 알기로는 그 옛날 흑룡회는 현재 일본의 야쿠자 최대 조직인 모리구치구미의 전신이었다.

한데 그게 잘못 와전된 것인지 아니면 속사정이 있는지 흑룡회가 모리구치구미와는 별도로 버젓이 존재하고 있었다.

비록 앞의 '극진'이라는 두 글자가 첨가되긴 했지만 토오 가츠아키와 이주회의 위패에다 절을 한다는 것은 누가 보더라도 흑룡회를 이어받아 계승하고 있다는 뜻으로 여길 것이다.

더구나 극진이란 글자를 첨가시킨 걸 보면 옛날 흑룡회보다 더 적극적인 조직으로 변했음을 의미하지 않는가?

그런데 아무리 영상을 뜯어봐도 토오 가츠아키의 상징인 히젠토는 보이지 않았다.

'카츠아키의 신물인 히젠토를 올려놓고 제사를 지냈으면 좋았을 텐데…….'

그랬다면 무리를 해서라도 탈취하려 들었을 것이다.

'흠, 이대로 그냥 가?'

담용은 잠시 결정을 하지 못하고 망설이다가 이내 이대로 돌아서기로 했다.

괜히 부딪쳐 봐야 명분도 없을뿐더러 히젠토를 가져오는 데 경각심만 심어 줄 뿐이었다.

'하지만 방법이 없는 건 아니지.'

담용은 자신 대신 나디를 이용해 보기로 했다.

지금으로서는 가능성이 전무 아니면 전부겠지만 말이다.

'나디, 이거 찾을 수 있겠어?'

묻는 즉시 파노라마처럼 지나갔던 히젠토의 모습을 떠올렸다.

이게 가능할지는 담용도 알 수 없었다.

다만 나디와 감응일체 혹은 심신일체이다 보니 생김새 또한 알아차리리라 여겨 의지를 전한 것이다.

나디도 히젠토의 생김새 정도는 알아야 찾을 것이 아닌가?

일본의 칼이 대개 비슷하듯 히젠토 역시 완만한 곡선을 이뤘고, 칼날은 명함보다도 폭이 좁았다.

총길이는 120센티미터. 이 중 90센티가 칼날이며 나머지는 슴베와 손잡이였다.

더불어 칼집까지 리얼하게 떠올렸다.

다분히 실험적 성격이 내포된 의지를 전하는 것이었지만 담용은 히젠토의 모습을 최선을 다해 구현해 냈다.

당연히 인터넷에 올라와 있던 사진이었다.

나디가 반응하기까지 그리 오래 걸리지 않았다.

또다시 영 적응이 안 되는 꿀렁거림에 이어 나디가 떠나는 감각이 왔다.

그런데 나디가 자신의 분신을 일부 남겨 놓고 떠나갔는지, 정수리에 엷은 푸딩 같은 기운이 남아 있는 느낌이 들었다.

'뭐지?'

나디가 떠난 정수리는 시원한 맛이 있었는데 지금은 뭔가 찜찜한 것이 확실히 느낌이 달랐다.

차크라의 양도 반으로 확 준 것 같았다.

'뭐야, 이 껄끄러운 기분은…….'

그래서 다시 한 번 확인차 의지를 전했다.

'나디, 간 거야, 만 거야?'

굴렁.

전보다 훨씬 약한 울렁거림에 이어 나디가 눈앞에 나타났다.

한데 감각에 느껴진 것처럼 양이 절반밖에 되지 않았다.

'하! 분신?'

믿거나 말거나 한 현상이 버젓한 현실로 구현되니 당사자인 담용이 더 의심스러워졌다.

'너…… 분신까지 가능하냐?'

대답을 할 리가 없으니 답답했지만 어쨌든 또 한 가지 기능을 알게 된 셈이었다.

그런데 도대체 어디까지 이해해야 되고, 또 놀라야 하는지 모르겠다.

'쓸모가 많겠는걸.'

분신이 두 개, 세 개, 네 개로 늘어난다면 도처에 감시의 눈을 만들어 놓는 것이 가능할 것 같았다.

담용으로서는 뜻하지 않은 보물을 득템한 것 같은 기분이었다.

'돌아가.'

나디가 제집(?)을 찾아가자 담용은 또 하나의 나디가 사라진 꽉 닫힌 문을 일별하고는 걸음을 옮겼다.

'잘 찾아오겠지.'

그 누구라도 담용을 대신할 수 없게 감응된 나디라 자신을 찾아오지 못하리라는 염려는 하지 않았다.

'얼마나 걸리려나?'

히젠토를 전시해 놓지 않고 깊숙이 숨겨 놨다면 나디라도 시간이 걸릴 수밖에 없었기에 담용은 한가하게 뜰을 거닐며 최대한 천천히 움직였다.

하지만 쿠시다 신사는 생각보다 크지 않았다.

'어? 벌써 끝이야?'

나란히 서 있는 도리이를 지나자 후문이 나왔다.

'쯧, 내가 뭘 본 거야?'

본 것이야 있지만 극진흑룡회의 회원들이 제사를 지내는

것 외에 뭘 봤는지 뚜렷하게 남는 게 없는 것 같았다.

'벌써 시간이 이렇게 됐나?'

현재 시각 오후 5시 36분.

신사 밖은 이미 어둠이 짙어져 있었다.

후문으로 나와 혹시나 하는 마음에 나디가 돌아올까 싶어 잠시 머뭇거리던 담용은 발길을 돌려 숙소가 있는 치산호텔 방향으로 걸어갔다.

그때, 정수리로부터 나디의 신호가 전해졌다.

신호라야 딱히 꼬집어서 말할 수 없는 감각 같은 것이라 뭐라고 표현하기가 어려웠지만, 담용은 그 미묘한 차이를 느낄 수 있었다.

'응?'

이맛살에 주름을 지으며 눈을 위로 치켜뜨던 담용이 화들짝 놀랐다.

'헛!'

눈앞에 홀로그램 영상이 떠 있는 게 아닌가?

'이, 이건 아까……'

자신은 전혀 이런 생각을 떠올리지도 의지를 전한 바도 없었다.

그럼에도 나디가 담용의 사고에 따라 수동적이 아닌 능동적으로 움직인다?

'학습?'

문득 그런 생각이 들었다.

원리만 가르쳐 주면 스스로 학습하며 개발해 나가는 능력.

정말 그렇다면 초능력계의 신기원이라 할 수 있는 일대 사건이었다.

또한 나디가 자아의식을 지녔다는 것과 일맥상통하는 일이기도 했다.

'하, 학습이라니!'

섣부른 판단인지는 몰라도 담용의 마음은 무척이나 고무될 수밖에 없었다.

그도 그럴 것이 굳이 생각을 떠올리거나 의지를 전하지 않아도 나디 스스로 알아서 상황을 캐치해 담용을 도와준다면 하지 못할 일이 없을 것 같았다.

지금도 스스로 판단해 주변의 정보를 제공한다면 담용이 신경 쓸 일이 확 줄어들 것이다.

'이놈 이거…… 날 어디까지 놀래키려는 거야?'

나디의 한계가 모호해지는 것에 담용은 혹시 하는 마음이 들었다.

바로 2단계 차크라의 완성, 즉 앱설루트의 경지에 이른 것이 아닌가 하는 의심이었다.

나아가 차크라의 큐브가 완성되기 일보 직전에 있는 것은 아닌지?

'후우, 이 문제는 한가할 때 연구해 보자.'

지금의 상황이 그리 한가하지 않다는 게 많이 아쉬웠다.

'그나저나 영상에 잡힌 사내의 모습을 보니 심상치 않은 것 같은데…….'

영상의 화면에는 웬 사내가 신사의 후문을 빠져나와 자신의 뒤를 따라오고 있어서였다.

'나, 나디, 어떻게 된 일이야?'

하지만 의사소통이 안 되는 나디에게서 대답이 나올 리는 없는 일이었다.

나디는 계속해서 정체 모를 사내만 비추고 있을 뿐이었다.

담용은 재빨리 머리를 굴렸다.

'진짜 나를 따라오는 건가?'

확신은 없었지만 충분히 그럴 수 있다. 담용이 히젠토를 거론했기 때문이다.

'정류장…….'

때마침 근처에 버스 정류장이 있어 걸음을 멈췄어도 그리 어색하지 않았다.

영상에 잡힌 사내 역시 걸음을 늦추는 모습이 들어왔다.

복장은 까만 정장 차림이었다.

흑룡회 사내들과 동일한 차림새인 것만 봐도 사내가 흑룡회 조직원임을 단박에 알아차릴 수 있었다.

'나를 쫓아온 것 같은데…….'

흑룡회 조직원이라면 조금 더 확신에 가까워졌다.

'무술을 익혔나?'

척 봐도 체형의 비율이 훌륭했다.

균형이 잘 잡힌 체구에 맞게 옷 안에 숨겨진 근육도 장난이 아닐 것 같았다.

'너무 가까운데?'

천천히 걸어오던 사내가 담용의 바로 뒤에 멈춰 섰다.

순간, 섬뜩한 마음에 머리카락이 쭈뼛해지고 팔에 소름이 끼쳐 왔다.

왜 가끔 그런 예감이 들 때가 있지 않은가?

목덜미로 차가운 칼이 쓰윽 닿는 느낌 말이다.

이는 곧 사내가 고도의 무술을 수련한 탓에 은연중에 내뿜는 예기로 인한 것이었다.

담용도 살짝 긴장했다.

왜, 예감은 본능이 작용한 육감이라지 않는가?

그대로 담용을 찌르거나 치고 도주할지 아니면…….

방법은 수없이 많다.

담용은 사내가 자신에게 위협이 되는 인간이라 확신했다.

육감이 민감할 대로 민감해진 담용은 나디 역시 신경이 곤두서 있는 것이 느껴졌다.

'뭐, 나디가 보초를 서고 있으니…….'

고로 사내의 어떤 기습 공격에도 당할 마음이 없었다.

'영악한 무녀로세. 어?'

날카롭게 찔러 오던 예기가 갑자기 사라졌다.

'응?'

예기가 사라지다 보니 담용은 한때의 기우였나 싶었지만 나디는 달랐다.

긴장을 계속 유지하고 있는 것으로 보아 나디가 느끼는 감각이 더 뛰어난 것 같았다.

사내는 사람들이 많아 행동을 꺼리는 것인지 아니면 담용이 무방비 상태라 언제든 요리할 수 있을 거라 자신하는지 여유를 부렸다.

담용은 문득 극진흑룡회 조직원들의 무력이 궁금해졌다.

'못해도 야쿠자의 쥬닌급 실력 정도는 될 테지.'

아울러 극진흑룡회와 모리구치구미 간의 관계 역시 궁금해졌다.

'시간이 나면 알아봐야겠군.'

그때, 버스 한 대가 정류장에 멈췄다.

승객들이 타고 내렸다.

버스가 왔음에도 사내에게서 기척이 없었다.

그렇단 말이지.

'다시 가 볼까?'

나디의 공간지각 능력이 확대된 만큼 안심하고 뒤를 내줄 수 있다는 생각에 담용은 정류장을 뒤로하고 숙소로 향했다.

'흥. 단순한 의심에서 시작된 미행이라면 무사하겠지

만……. 만에 하나 손을 써 온다면 무사히 돌아갈 생각은 않는 게 좋을 거다.'

담용이 정류장으로부터 10여 미터 떨어졌을 때다.

'어라?'

유유자적하게 이야기를 나누거나 주변을 구경하면서 걸어가던 행인들이 갑자기 종종걸음을 치거나 뛰기 시작하는 것이 아닌가?

'무슨 일이지?'

사방을 둘러봤지만 그럴 만한 특이한 점이 보이지 않아 어리둥절해하던 담용이 일단 까닭이 있지 싶어 부화뇌동하듯 같이 뛸까 하다가 문득 달라진 점을 발견했다.

그러고 보니 주변이 더 캄캄해진 것 같았다.

'근데 왜 이리 어둡지?'

하늘을 올려다보니 역시나 달빛도 총총히 빛나던 별도 사라진 하늘은 온통 시커멨다.

'젠장. 뭔 날씨가…….'

조금 전만 하더라도 맑았던 날씨가 별안간 암흑으로 바뀐 것을 사내로 인해 알아채지도 못했던 것이다.

'큐슈의 날씨가 변덕스럽다더니…….'

금방이라도 한바탕 쏟아질 것 같은 날씨에 덩달아 담용의 걸음도 빨라지기 시작했다.

'짜식, 미행하는 거 맞네.'

사내 역시 담용을 따라 발걸음을 빨리하는 모습이 나디의 영상에 잡혔다.

담용이 자신을 보지 못했다고 여기는지 이제는 당당하게 뒤를 따라오고 있었다.

담용, 쫓기다

쏴아! 쏴아아아-!

기어코 비가 퍼붓기 시작했다.

다행히 치산호텔에 거의 도착한 담용이 막 뜀박질을 하려는 순간, 골목어귀에 모츠나베 가게가 눈에 띄어 얼른 그쪽으로 향했다.

'이런 날씨에는 뜨끈한 국물이 최고지.'

모츠나베가 곱창전골을 뜻함을 아는 담용은 뜨끈한 걸 먹을 수 있겠구나 하는 생각에 몸이 젖는 것을 감수하면서 내달렸다.

덜컹.

'윽, 왜 이리 작아?'

식당 안으로 들어서자마자 굉장히 협소한 실내가 눈에 들어왔지만 주인장이 우렁찬 음성으로 맞이하자, 그런 기분이 싹 가셨다.

"어서 오세요!"

"아, 예……."

"이쪽으로 앉으세요."

주인장이 가리킨 곳은 젊은 여성이 앉은 옆자리였다.

여성은 식사를 다 했는지 맥주를 홀짝이고 있는 중이었고, 의 옆에는 서른 중반쯤 되어 보이는 사내가 한창 식사를 하는 중이었다.

'헉! 1인 모츠나베 집이었어?'

一人博多麺もつ屋

벽의 메뉴판 위에 부착된 글귀였다.

무작정 들어오다 보니 이제야 알게 된 것이지만 담용은 참으로 일본식다운 식당이란 생각이 들었다.

일자형 식탁에 소형 가스레인지를 올려놓고, 의자도 달랑 여덟 좌석밖에 없는 아담함 실내.

그러니까 일식 횟집에서 흔히 볼 수 있는 주방장을 바라보며 음식을 먹는 형태인 것이다.

흔히 다찌 의자라고 하는데 원래는 다찌란, 일본어 다찌구이たちぐい에서 온 말이다.

즉, 요리하는 곳을 마주 보고 의자 없이 서서 먹는 일본의 소규모 음식점을 두고 하는 말이었다.

'왜 1인 식당이라고 하는지 알겠군.'

물론 둘 이상의 일행이 오는 경우도 있겠지만 이곳은 싱글을 위한, 즉 혼밥이나 혼술이 가능한 전문 식당이었다.

덜컹!

역시나 뒤를 쫓던 사내가 비를 흠뻑 맞은 채, 약간의 시간차를 두고 들어섰다.

"어서 오세요―!"

"멘또 모츠나베 미소 하나!"

"옙! 손님께서는……?"

"아, 나도 같은 걸로……."

얼떨결에 사내와 같은 메뉴를 말했지만 실은 벽에 부착된 메뉴를 보다가 한글로 된장이라 쓰인 것이 친근해서 주문한 것이다.

아마도 자주 찾아오는 한국 관광객들의 편의를 위해 써 놓은 것 같았다.

털썩!

사내가 담용의 옆에 앉았다.

좀 떨어져 앉아도 되겠건만 일본이 원래 남을 배려하는 습성이 몸에 배어 있어 그러려니 했다.

번쩍!

섬광이 작렬하면서 사위를 찰나에 밝히고는 사라졌다.

자연의 법칙은 번개 뒤에 천둥이 따라오는 것.

쿠릉. 쿠르릉. 쾅쾅. 흐드드드……

굉음 같은 천둥소리에 식당의 창문들이 몸부림을 쳐 댔다.

'헐, 소리 한번 요란스럽군.'

청명하게 맑았던 날씨가 언제 그랬냐는 듯 바깥은 폭우로 변해 있었다.

네온사인의 불빛만이 폭우를 온전히 감내하고 있는 바깥은 그 많던 인적이 딱 끊어진 상태였다.

잠시 기다리자, 음식이 나왔다.

'헐, 1인분치고는 너무 많은 것 같은데?'

냄비도 생각보다 컸고, 1인분 음식이 좀 과하다 싶은 양이었다.

주인장이 먼저 온 담용 앞으로 냄비에 수북이 담은 음식을 소형 가스레인지 위에 놓고는 불을 지폈다.

큼지막하게 썬 두부와 부추가 가장 눈에 띄었다.

"일본인 아니시죠?"

대번에 알아봤는지 주인장이 담용을 빤히 쳐다보았다.

"아, 중국……."

옆의 사내를 생각해서 머리까지 긁적이며 최대한 자연스럽게 행동했다.

히젠토를 손에 넣기 전에는 가급적 사건을 일으키지 않는 게 이로울 테니까.

"하핫, 발음이 좀 어색해서 단박에 알아봤죠."

"하! 그렇게 표시가 납니까?"

"자연스럽지는 않았으니까요."

"아, 학교에서 열심히 공부한다고 했는데……."

"그래도 중국인이 일본어를 그 정도로 구사한다는 건 대단한 일이에요. 정말 열심히 공부했다고 봐야지요."

"하핫, 더 열심히 해야겠군요."

"혹시 실습하러 오신 겁니까?"

"겸사겸사요."

"잘 오셨습니다. 일본에 머무시는 동안 사람들과 부대끼다 보면 저절로 많은 공부가 될 겁니다. 왜 거…… 그 나라 말을 잘하려면 그 나라에 가서 현지인과 많이 부딪치라고 하잖아요?"

"안 그래도 그럴 생각으로 왔습니다."

"어디서 묵고 있죠?"

"치산호텔요. 하핫. 돈이 많지 않은 학생이라……."

"원래 돈 없이 여행하는 게 진짜죠."

말투에 그냥 기분 좋으라고 하는 말이 아닌 진심이 묻어 있었다.

"후쿠오카 어딜 가든 인심이 좋으니 기대해도 좋을 겁니다."

"저도 그러고 싶은데 내일 아침에 떠나야 해요. 일정이 빡빡하거든요. 하카타에 온 건 커낼시티랑 쿠시다 신사를 보는 게 목적이었어요."

"아, 귀국?"

"아뇨, 이제 시작인데요. 후쿠오카가 첫 경유지입니다. 다음이 동경 신주꾸고요."

"신주꾸가 아니라 신주쿠입니다."

"신주쿠."

"하핫, 맞아요. 근데 거기 가려면 거리가 꽤 되는데요?"

"그래서 교통편을 뭘로 택할까 고민 중입니다."

"동선이 길군요. 신주쿠로 가려면 비행기가 제일 빠르고 편할 겁니다."

"예약을 하지 않아서 어떨지 모르겠네요. 그냥 계획 없이 마음 내키는 대로 하는 여행이라서요."

"국내선은 그렇게 혼잡하지 않아서 탈 수 있을 겁니다."

"조언에 감사드립니다."

'그래, 당신같이 친절한 사람들이 있기에 내가 일본 사람을 미워하지 못하는 거야.'

하긴 뭐, 대다수의 일본인들이 무슨 죄가 있나?

"모츠나베 요리가 어색할 테니 끓더라도 그냥 두세요. 제가 다 체크해 드릴 테니까요."

"감사합니다."

"어이구, 손님은 푹 젖으셨네요. 이걸로 머리라도 좀 닦으세요."

"고맙소."

쾌활한 주인장의 말투에도 무뚝뚝하게 대답한 사내가 수건을 건네받더니 머리를 벅벅 닦았다.

잠시를 더 기다리자, 담용과 사내의 음식이 끓기 시작했다.

그동안 주인장이 몇 번이나 와서 손을 봤지만 두부는 으깨지지 않고 그대로였다.

"자, 이제 먹어도 됩니다. 거기 통에 든 양념은 취향대로 추가하시면 되고요."

"아, 예. 맥주 한 잔 부탁합니다."

"알겠습니다."

"나도 한 잔."

"옙! 잠시만 기다리십시오."

주인장이 맥주를 준비하는 동안 맛을 본 담용이 마음에 드는지 고개를 끄덕였다.

'괜찮네.'

일단은 다른 양념을 가하지 않아도 맛이 담백했다.

'본격적으로 시작해 볼까?'

담용은 옆의 사내는 신경 쓰지 않기로 했다.

설마하니 중인환시에 자신에게 시비를 걸어오지는 않으리라 여겼다.

뭐, 우연은 아니더라도 공연한 기우일 수도 있었다.

"맥주 나왔습니다."

주인장이 맥주 두 잔을 담용과 사내 앞에 놓을 때, 또다시 문이 열리고 손님들이 연달아 찾아들었다.

무려 다섯 명이었다.

남은 좌석이 네 개라 담용은 전부 나가리라 생각했다.

"어서 오세요!"

"수건 좀 줘요."

"나도요."

"예, 여기 있으니 가져다 쓰십시오."

"어? 보조 의자가 필요하네요."

"비좁을 텐데 괜찮으시겠습니까?"

"이 날씨에 다시 나가기는 그렇죠?"

"하하핫, 여기 있습니다."

좁은 식당에 다섯 명이나 들이닥치자, 졸지에 시끌시끌해졌다.

그래도 한국에 비해 이 정도면 조용한 편인 것 같았다.

다른 손님을 배려하는지 가급적이면 필요한 말만 하는 것 같은 느낌이 들어서다.

담용은 주위는 신경 쓰지 않고 먹는 데 열중했다.

배가 고프기도 했지만 이따가 쿠시다 신사에 잠입하려면 든든히 먹어 둬야 했기 때문이었다.

'오! 면이 쫄깃한데?'

밥이 없어 살짝 아쉽긴 했지만 쫄깃한 면발의 식감이 금세 잊게 만들었다.

면발은 일본 된장과 버무려져 담백하면서도 고소해서 오히려 메인인 곱창이 들러리가 된 것 같은 기분이었다.

'근데 얘는 왜 이리 안 와?'

맛을 음미하는 내내 나디 반쪽이 아직도 돌아오지 않는 것이 은근히 신경 쓰였다.

정수리의 나디가 조용한 걸 보면 다른 반쪽의 나디도 현재까지는 무사한 것 같았다.

'찾는 게 쉽지 않은가?'

나디라고 만능일 수가 없으니 충분히 그럴 수 있었다.

만약 이상이 생겼다면 정수리의 나디가 이상 징후를 어떤 식으로든 알려 왔을 것이다.

번―쩍―!

콰릉! 콰콰쾅―!

시간이 갈수록 번개가 치는 숫자는 더 빈번해졌고, 그에 비례해 천둥소리도 더 강해지고 있었다.

'비가 오니 잠입하기에는 그만이군.'

번개가 치고 천둥소리도 요란한 것이 쉽게 그칠 비가 아니었다.

당연히 관광객들도 이런 날씨에 얼쩡거릴 일이 없다.

담용은 내심 밤새 날씨가 이대로 계속됐으면 싶었지만 그렇게 될지는 알 수 없었다.

그렇게 한동안 열심히 먹다 보니 어느새 냄비에 가득했던 음식을 다 먹어 치웠다.

'거참.'

담용 자신이 먹어 놓고도 의심이 들 정도로 정말 정신없이 맛나게 먹은 것 같았다.

보기에는 양이 많은 듯했는데 배가 적당히 부르다는 게 이상할 정도였다.

맥주 한 잔까지 다 비운 상태.

'쩝, 우산이 없다는 게 아쉽군.'

그래도 좁은 자리에서 마냥 비비적대고 있을 수는 없는 일.

'1,490엔이군.'

모츠나베가 990엔, 맥주 한 잔이 5백 엔, 도합 1,490엔이었다.

물로 칼칼해진 입안을 헹군 담용이 돈을 꺼내 탁자에 올려놓았다.

"아! 만족하셨습니까?"

"하핫, 얼마나 맛있는지 이렇게 다 비워 버렸네요."

바인더북

"하하핫, 마음에 들었다니 저도 기분이 좋군요."

"이제 가 봐야겠습니다."

"이렇게 비가 오는데……."

"숙소가 가까운데요, 뭐."

"손님, 잠시만요."

잠시 옆문으로 나간 주인장이 곧 우산 하나를 가지고 왔다.

"낡았지만 잠깐 사용하기에는 괜찮을 겁니다."

"이러지 않으셔도 되는데……."

"돌려주지 않아도 되니 걱정 말고 쓰고 가십시오."

"대단히 감사합니다."

담용은 주인장의 친절한 배려에 진정으로 고마워했다.

"하하핫, 뭘요. 중국인들에게 좋은 인상을 남겨 줘야 많이들 오실 것 아닙니까?"

"하핫, 친구들에게 사장님의 친절에 대해 꼭 말해 드리지요."

"하하하, 바로 그걸 노린 거죠. 그럼 조심해서 가십시오."

"넵! 다음에 오면 꼭 들르겠습니다."

그 말을 끝으로 담용은 식당을 나섰다.

촤아! 촤아아아─! 후두두두…….

'이크.'

우산을 펼치자마자 난타해 대는 물세례에 발목 부근이 금세 흥건해졌다.

굴렁.

나디가 신호를 보내오고 영상이 올라왔다.

나디의 영상은 비와 같은 물기와는 전혀 관계없는지 전혀 영향을 받지 않았다.

주인장에게 우산 하나를 빌렸는지 사내 역시 비스듬히 받쳐 들고는 부지런히 따라오고 있었다.

'어디까지 따라올 건가?'

담용은 곧바로 숙소로 갈까 하다가 생각을 바꿔 방향을 틀었다.

'그래, 사정이나 좀 알아보자.'

사실 극진흑룡회의 조직원들을 보고 난 후 궁금한 게 한두 가지가 아니었다.

식당을 나오자마자 빠른 걸음으로 도로를 건넜다.

도로를 건너자 정면에 샛골목이 눈에 들어왔다.

'저쪽?'

식당을 나오면서부터 숙소인 치산호텔로 갈 생각이 없었던 담용은 곧바로 샛골목으로 향했다.

지리를 모르니 눈에 띄는 한적한 곳이 그곳밖에 없었기에 택한 터였다.

뭐, 어차피 이런 폭우에 진즉 인적이 끊어진 상태지만, 감시 카메라를 의식한 의도된 행동이었다.

일본도 아직은 감시 카메라가 일반화되지 않은 상태임을 알고 온 담용이었다.

설사 일반화됐더라도 샛골목에까지 설치해 놓지는 않았을 것임을 의식한 것도 있었다.

쏴아아아ㅡ!

억수 같은 비가 그칠 생각을 하지 않았다.

그 탓에 하카타의 휘황한 밤이 온통 비에 젖어 축축했다.

찰박. 찰박.

미처 빠져나가지 못한 빗물이 발끝에 차였지만 담용은 아랑곳 않고 샛골목으로 들어섰다.

때를 맞춰 찰나간에 섬전이 '번쩍' 했다가 사라지면서 이어 '콰드등' 하고 우레가 천지를 뒤흔들었다.

'젠장맞을 상황이군.'

콰콰쾅ㅡ! 후드드드…….

'이크.'

금방이라도 벼락이 내리칠 것 같은 무시무시한 굉음이 창문을 뒤흔들었다.

'흠, 이쯤이면…….'

겨우 사람 하나 비껴갈 정도의 좁은 골목.

하지만 결코 조용한 곳이 아니었다.

'뭐야? 맛집들이 죄다 여기에 모인 건가?'

가게 앞마다 색색의 등을 빼곡하게 걸어놓고 손님을 유혹

하는 맛집 골목이었다.

'어쩔 수 없지.'

담용은 더 가기를 포기하고는 걸음을 늦춰 천천히 걸었다.

"제길. 이놈은 숙소로 안 가고 어디로 가는 거야?"

우산은 썼지만 억수같은 비에 전신이 질척해진 고다마는 우거지상을 한 채, 담용의 뒤를 부지런히 쫓아가고 있었다.

분명히 치산호텔이 숙소라고 했다. 그런데 식사만 하고 들어갈 것으로 알았던 애송이가 엉뚱한 길로 들어서는 것을 보고는 갑자기 귀찮아진 고다마는 그냥 여기서 처리할까 갈등을 해야 했다.

게다가 폭우까지 내리고 있어 짜증이 있는 대로 치밀고 있는 중이었다.

하지만 애송이를 중인환시에 처리할 수는 없었기에 지금까지 뒤따르며 기회를 엿보고 있는 중이었다.

'조장도 참……'

이 일을 시킨 엔도 조장에게까지 짜증이 미쳤다.

누가 보더라도 청년은 순진한 대학생이었고, 한 손으로도 숨을 끊을 수 있을 정도로 나약해 보였다.

그럼에도 부조장인 자신을 보내다니 짜증이 안 날 수가 없었다.

더구나 자신 아래로 부하들이 일곱 명이나 있었기에 더 열불이 났다.

불만이 치밀었지만 사안의 중대함이 등을 떠밀고 있어 고다마 자신이 직접 결말을 봐야 하는 처지였다.

부여된 임무는 다름이 아니었다.

-고다마, 네가 좀 수고해 줘야겠다.

-……?

-방금 중국인 청년이 히젠토에 대해 언급하며 어디에 전시되어 있는지 물었다고 한다.

-히젠토가 뭡니까?

-넌 알 것 없다.

-……!

-섭섭해하지 마라. 아직까지는 조장 선까지만 알고 있는 물건이이니까. 차후 공개되면 저절로 알게 될 거다.

-아.

-넌 그 청년에게서 히젠토를 어디서 알게 됐으며 그것이 이곳 쿠시다 신사에 보관되어 있는 것을 누구에게 들었는지 알아내면 된다.

-알겠습니다.

-사안이 결코 간단하지 않다는 것을 기억해라.

―……?

―의아해할 것 없다. 히젠토는 아직 세간에 알려져서는 안
되는 물건이기 때문이다. 그러니 확실히 처리하도록.

―명심하겠습니다. 그 청년의 처리는 어떻게 하면 됩니
까?

―지워라!

―옙!

―단, 누구도 몰라야 한다.

―맡겨 주십시오.

'쯧, 저 녀석은 오늘이 이승에서 숨을 쉬는 마지막 날인 줄
알기나 할까?'

'엉? 골목으로 새?'

고다마의 시선에 청년이 샛골목으로 들어가는 것이 보였
다.

'저긴…… 단골 맛집 골목인데…… 정말 짜증 나게 하는
군.'

일본의 단골 맛집이 몰려 있는 이면 골목은 대부분 그 폭
이 무지하게 좁았다.

'오히려 잘된 건가?'

두 사람의 몸이 맞닿을 정도로 겨우 빠져나가는 골목이었
으니 피하거나 도주할 데가 없다.

게다가 인적도 끊어졌으니 소리 없이 해치우기는 그만인 장소.

'좋아, 저곳에서 끝내자.'

마음을 정한 고다마의 발걸음이 이제 뜀박질로 변했다.

'호오, 마음을 정했군.'

이제는 거침없이 내달려 오는 사내의 뜀박질에 담용도 이쯤이면 됐다 싶었던지 걸음을 멈추고는 한쪽 옆으로 비켜섰다.

"......?"

담용의 행동이 뜻밖이었던지 뒤쫓아오던 고다마가 오히려 어리둥절해했다.

"먼저 지나가세요."

"어? 그……러지."

고다마는 잘됐다 싶어 빠른 걸음으로 담용을 지나쳤다.

순간, 막 스쳐 가던 고마다가 휙 돌아서면서 어깨로 담용을 들이받았다.

하지만 이미 만반의 준비를 하고 있던 담용은 그럴 줄 알았다는 듯한 템포로 빠르게 몸을 비틀었다.

쿵!

애먼 콘크리트 담벼락이 느닷없는 충격에 비명을 질러 댔다.

"엇?"

담용이 피해 버린 것이 의외였던지 고다마의 입에서 당황한 음성이 튀어나왔다.

"다, 당신…… 강도?"

"입 닥쳐!"

"가, 강도……."

슈욱!

소리를 지를 새도 없이 이번에는 발이 연거푸 날아들었다.

슉! 슈슉! 슉!

팡, 팡, 파파팡.

물에 젖은 옷자락을 허공에 터는 듯한 소음이 여이어 터져 나왔다.

슬쩍슬쩍.

턱! 터억! 턱턱!

좁은 골목이다 보니 피하는 데 한계가 있어 고다마의 현란한 발놀림에 따라 담용의 손이 춤을 추며 밀거나 털어 냈다.

이는 담용의 예리한 시선 끝에 고다마의 발의 동선이 환히 보였기에 가능한 일이었다.

시선 끝에 조금 더 안쪽으로 들어오면 털어 냈고, 바깥쪽으로 돌아오면 밀어 내는 방식은 힘의 소모가 지극히 적었다.

정신없이 공격을 받았어도 호흡에 여유가 있었다.

그러나 고다마 역시 고도의 수련을 했음인지 공격에 절도가 있었고, 연계도 훌륭했다.

'실력이 상당한걸.'

이 정도면 클리어가드 친구들과 엇비슷한 수준이라 할 수 있었다.

뭐, 몇 가지 숨겨 놓은 비기가 있겠지만 그것은 친구들도 마찬가지였다.

'어디 실력을 좀 더 살펴볼까?'

당장 처치할 수 있었지만 극진흑룡회의 전력을 파악하기 위해서라도 조금 더 놀아 주기로 했다.

고다마는 고다마대로 놀라움을 금치 못하고 있는 중이었다.

'이 자식이 제법······.'

쉽게 여겼던 녀석의 무술 실력이 보통이 아니란 생각에 절로 기합이 토해졌다.

"타핫!"

별안간에 기합을 터뜨린 고다마가 벽을 두어 번 타고 오르더니 몸을 빙글 돌렸다.

슈악!

이어진 돌려 차기는 간단한 것이 아니었다.

눈으로 좇을 수 없을 정도로 빠른 돌려 차기에 담용의 표정도 신중해지면서 신형이 땅으로 푹 꺼짐과 동시에 바닥을 굴러 반대편에 섰다.

쉐엑!

퍼석!

목표를 잃은 발이 담벼락을 여지없이 파고들어 갔다.

'이런!'

얼굴을 알리고 싶지 않았던 담용은 담벼락이 파괴된 것 보는 즉시 몸을 돌려 냅다 내달렸다.

"이익! 서! 서라!"

'쯧, 짜식이 주의는 지가 다 끄네……. 인마, 부지런히 따라오기나 해.'

담용은 도망가고 싶어서 가는 것이 아니었다.

사람들이 몰려나올 것도 염려가 됐지만 혹시라도 신고가 들어가 폭력배로 몰리기 싫어서였다.

변장을 하면 되겠지만 그건 아끼면 아낄수록 이롭기에 함부로 쓸 수가 없었다.

'쩝, 담벼락의 주인은 날벼락을 맞은 셈이겠군.'

담용의 도주는 고다마가 따라올 정도의 속도로 한참 동안 이어졌다.

'적당한 곳이…….'

골목은 벌써 벗어났지만 한참을 달려도 거리가 워낙 깨끗해 마땅히 드잡이질을 할 장소가 보이지 않았다.

'이럴 줄 알았으면 진즉 끝내는 건데…….'

하지만 이미 지난 일.

애석해해 봐야 변하는 것은 없었다.

'외곽으로 가는 수밖에.'

사실 처음부터 이랬어야 했지만 지리를 모르니 들어선다는 게 좁은 골목과 번화한 거리였을 뿐이었다.

'다음부터는 지리부터 확인하고 일을 벌여야겠어.'

사실 그게 원칙이었고 또 몸에 밴 습관이었지만, 일이 너무 난데없이 벌어진 탓이 컸다.

차도를 건너 또다시 골목으로, 골목에서 빠져나오니 이번에는 네온사인이 현란하게 번쩍대는 유흥가가 나왔다.

'여긴 또 어디야?'

갖가지 음악 소리가 마치 비빔밥에 버무린 것처럼 요란하게 울려 나왔다.

눈이 휘둥그레질 정도로 색색의 휘황한 불빛들이 시선을 어지럽히고 있었다.

그런 만큼 이런 악천후에도 불구하고 행인들이 나다니고 있다는 점이 놀라웠다.

문득 떠오르는 게 있었다.

'아냐, 여기가 그 유명한…….'

후쿠오카로 오기 전에 잠시 알아본 바로는, 이곳 나카스

지역이 일본 3대 환락가 중 하나라고 했다.

일종의 삼각주 지대라 할 수 있는 지역, 나카타.

하필이면 도주해 온 곳이 최악의 장소인 것이, 이건 척 봐도 성매매 지역인 환락가인 것이다.

술집과 꽃집 그리고 깍두기 어깨들과 똥코치마에 기모노 차림의 여성들이 빈번하게 오가는 나카스.

억수 같은 비도 성적인 욕구를 말리기 어려운 것 같았다.

알다시피 일본은 성매매가 합법화된 나라지 않은가?

'이거 별로 좋은 것 같지 않은데…….'

예감이 살짝 좋지 않고 뭔가 엇나가는 기분이 들었다.

그럴 것이 이곳은 야쿠자들이 판을 치는 장소다.

더 말할 것도 없이 주 수입원인 공급처이기 때문이다.

이 말은 곧 극진흑룡회의 패거리나 똘마니들이 존재할 수 있다는 얘기나 다름없었다.

하지만 죽으라는 법은 없는지 바로 옆에 강이 보이는 것이 아닌가?

'얼라? 웬 강……. 아! 나카스강.'

담용의 생각대로 하카타의 강이라면 커낼시티가 착안된 나카스강뿐이었다.

'강으로 가자.'

이런 날씨에 강변을 거니는 아베크족은 없을 것으로 생각한 담용은 지체 없이 나카스강으로 향했다.

'여차하면 강으로 탈출하면 되지.'

특전사가 물을 겁내지 않는 이유는 여름이면 내내 산 아니면 강이나 바다를 거처로 삼다시피 했기 때문이다.

하지만 가까이 갈수록 난관은 또 있었다.

'이런! 포장마차촌이었어?'

강에 다가갈수록 이번에는 강변을 따라 포장마차들이 즐비했던 것이다.

그나마 다행인 것은 폭우로 인해 한산하다는 점이었다.

'어쩔 수 없다.'

담용은 그대로 강변으로 달려가며 쿠시다 신사 내를 헤매고 있을 나디를 떠올렸다.

'왜 이리 시간이 걸리지?'

나디가 만능은 아니라는 건 알지만 그래도 믿음직한 스펙이었다.

'히젠토의 이미지가 너무 부족했나?'

그거야 담용조차도 인터넷상의 내용 외에는 더 아는 게 없었으니 어쩔 수 없는 일이었다.

'이상은 없는 것 같은데…….'

만약 이상이 생겼다면 정수리의 반쪽짜리도 이상 증세를 보였을 것이니 그건 아닌 것 같았다.

'쩝, 기다려 보는 수밖에.'

담용의 마음을 아는지 눈앞에는 여전히 홀로그램 영상이

떠 있었다.

'짜식이…… 패거리를 모으나?'

담용이 적당한 장소를 물색하고 있을 즈음, 그의 예상대로 고다마는 휴대폰으로 지원군을 요청하고 있었다.

"어, 수스케!"

—고다마, 왜 이리 헉헉대? 무슨 일이야?

"수스케, 날 좀 도와 다오."

—지금?

"응."

—뭐 땜에 그래?

"미꾸라지 한 마리가 이곳으로 도망쳐 왔어."

—미꾸라지?

"응, 워낙 빨라서 잡을 수가 없다 도와줘."

—그렇다면 도와줘야지. 거기가 어딘데?

"포장마차촌."

—아, 나카스 강변.

"맞아."

—나도 부탁이 있는데…….

"신세는 갚아야지."

—오키. 기다려. 금방 갈 테니까.

탁!

'이 새끼, 이젠 도망갈 곳이 없을 거다.'

비록 도움을 청하긴 했지만 그거야 갚아 주면 그만이다.

'니미…… 몸이 척척해서 미치겠군.'

고다마는 극진흑룡회의 품위는 잠시 접어 두고 깡패로 나서기로 마음먹었다.

지금은 무엇보다 임무를 완수하는 게 중요해서다.

'흠, 여기가 괜찮겠군.'

담용이 멈춘 곳은 관광객들이 나카스강을 좀 더 가까이서 구경하기 위해 아치형으로 덧댄 소규모 광장 같은 곳이었다.

가끔 길거리 콘서트도 열리는지 무대까지 준비되어 있는 장소.

하지만 담용은 일부러 더는 도주할 곳이 없는 막다른 길에서 오도 가도 못하는 것처럼 보이기 위해 당황한 표정으로 뒤를 힐끗힐끗 보며 불안해했다.

그러나 내심은 갈등하고 있었다.

평범한 학생 신분으로 응해 위기를 벗어나는 것으로 보이느냐 아니면 치고받고 싸워서 해결을 하느냐였다.

전자는 아무리 생각해도 해결될 기미가 보이지 않았다.

다짜고짜 기습한 것을 보면 놈은 애초 자신을 죽일 작정으로 뒤를 쫓아온 것이었다.

추론을 해 보면 아직은 히젠토의 존재가 그 어디에서도 드러나지 않았다는 데서 기인했을 것이다.

조치는 당연히 그걸 알고 있는 담용의 입을 영원히 닫게 만드는 수밖에 없다.

후자는 담용이 그냥 힘으로 해결해 버리는 것.

그러나 그렇게 되면 더 이상 중국인 이름인 왕원샹을 쓸 수가 없다.

치산호텔에 투숙 명부에 기록되어 있으니 극진흑룡회라면 그걸 찾아내는 건 여반장일 것이다.

아울러 제도권은 몰라도 밤의 문화권에서는 수배가 될 것이 틀림없었다.

거의 1백여 년 동안 이어진 전통의 암흑 조직이라면 그 이름값만으로도 후쿠오카가 아니라 인근 지역은 물론 일본 전역에 몽타주를 뿌려 협조를 받을 수 있을 게 뻔했다.

당연히 운신에 제재가 오기 마련이고, 자칫 목숨이 위험할 수도 있다.

그러나 해결책이 없지 않은 것이 왕원샹이란 이름을 버리고 신분을 바꾸는 동시에 변장을 해 버리면 되는 것이다.

'이래저래 귀찮게 됐군. 히젠토와 신분 하나를 맞바꾸니 손해는 아닌가?'

어쨌거나 담용은 후자를 선택했다.

그러나 밑져야 본전이듯 순진한 학생 버전부터 해 보고 난후, 최악의 상황에 대비하기로 마음먹었다.

그사이 어느새 쫓아온 고다마가 지쳤던지 무릎에 두 손을 짚고 헐떡거렸다.

제법 먼 거리를 달려왔으니 그럴 법도 했지만 담용의 호흡이 거칠어지는 일은 없었다.

'새끼……'

"후욱. 훅. 겨우 여기 오자고…… 줄달음친 거냐? 학. 학. 학."

"다, 당신 누구야? 왜 내게 이러는 거야? 난 중국인이라고!"

담용도 반말로 악에 받쳐 소리쳤다.

"닥쳐!"

찔끔.

단 한마디에 담용이 위축되는 것을 보고 자신을 얻은 고다마가 반협박조로 물었다.

"하나만 묻지. 히젠토를 어디서 들었나?"

"하, 학교에서……"

"어느 학교?"

고다마의 말투가 조금 더 살벌해졌다.

"칭화대학……"

"누구에게 들었나?"

"동서양고서연구동아리에서……"

"뭐? 뭔 동아리?"

"동서양고서연구동아리다 왜?"

"어쭈, 배운 놈이라 이거지?"

"나, 난 조금 전에 중국 대사관에 전화했다. 내 위치도 알려 줬다고!"

참으로 어설픈 연기임이 단박에 표시가 났다.

꼭 이럴 필요가 있을까 싶지만 놈의 의도를, 아니 극진흑룡회의 성격과 히젠토에 관한 관심이 어떤지를 알기 위해서는 갈 데까지 가 보는 것이다.

"크큭, 공감치지 마라. 내가 계속 쫓아왔는데 넌 그런 적이 없어."

'푸훗, 연기는 여기까지로군.'

극진흑룡회 조직원들이 다 그런지 사내는 사납다거나 거칠다는 느낌은 없었다.

하나, 암흑가의 출신은 어디 가지 않는지 표정만 봐도 어딘가 끈적끈적함이 묻어 나오는 것은 사실이었다.

'엉?'

기감에 걸리는 촉을 따라 담용의 시선이 자신이 지나왔던 곳을 바라보았다.

'어? 저놈들은 뭐야?'

족히 열 명은 되어 보이는 사내들이 환락가 쪽에서 뛰어오고 있는 것이 눈에 들어왔다.

하지만 폭우로 인해 이쪽을 발견하지 못한 듯 헤매고 있는 모양새였다.

아직은 멀어서 사내들의 실루엣만이 눈에 들어왔지만 눈앞의 사내가 지원군을 부른 것이 확실해졌다.

'나디, 소리를 차단해.'

정수리에 올라앉아 있던 나머지 반쪽의 나디가 제자리를 벗어나더니 마왕굴에서처럼 담용과 고다마가 차지한 지역만 부지런히 돌아다니며 투명한 막을 치느라 분주했다.

"엇!"

고다마는 방금까지만 해도 억수같이 쏟아지던 비가 갑자기 그친 것에 어리둥절해하며 하늘을 올려다보았다.

그러자 무슨 소리냐는 듯 하늘이 곧바로 응답했다.

번쩍-! 쿠둥! 쿠드드둥.

섬광이 작렬하고 곧이어 묵직한 천둥소리가 천지 사방을 두드려 댔다.

"허억! 뭐, 뭐야!"

비는 그쳤는데 하늘은 여전히 까맸고, 번개와 천둥까지 치는 상태에서 유독 이곳만 비가 내리지 않다니!

기함할 현상에 당황하는 기색이 역력한 고다마가 제자리에서 빙글빙글 돌면서 사태를 파악하려 애를 썼다.

'이럴 수도 있구나.'

담용은 여태껏 괜히 비를 맞았다는 억울함이 찾아들었다.

이래서 모르면 몸이 고생한다는 말이 있는 것이다.

어쨌든 담용도 어리둥절해하는 것은 고다마와 매한가지였지만 그 원인을 알고 모르고의 차이는 엄청났다.

'빨리 끝내야겠군.'

담용은 차크라를 끌어 올려 사이킥 포스를 구현했다.

날씨도 궂은 데다 시간을 아껴야 했기에 한 방으로 끝낼 작정을 한 것이다.

기회다 싶었던 담용의 신형이 움직인다 싶더니 착시 현상인 양, 고무줄처럼 쭈욱 늘어났다.

고다마도 간단치 않은 수련을 해 온 자인 데다 먹음직한 토끼를 앞에 두고 한눈을 팔 정도로 어리석지도 않았다.

하지만 고다마도 담용이 섬전 같은 속도로 짓쳐 오는 것까진 감안하지 못했다.

"헛!"

기척을 느낀 고다마의 입에서 놀란 헛바람이 튀어나올 때, 담용의 시선은 이미 건조해졌고, 신형은 단숨에 지척으로 다가와 주먹을 내뻗고 있었다.

깜짝 놀란 고다마는 본능적으로 두 팔을 엇갈려 십자 방어 자세에 들어갔다.

달리 방법이 없는 지금으로선 그것만이 유일한 방어책이었다.

찰나, '뻐억' 하는 격한 격타음이 임과 동시에 고다마의 입에서 '컥' 하고 신음이 터져 나왔다.

입술을 악다물고 싶었지만 고다마의 능력으로는 견딜 수 있는 타격이 아니었던 것이다.

생전 처음 겪어 보는 타격에 뒤로 넘어질 듯이 비칠거리며 물러나는 고다마의 동공에 지진이 일어났다.

'헉! 이놈······.'

졸지에 강력한 타격을 당한 고다마는 뇌리가 마비돼 일시 사고가 정지돼 버린 기분이었다.

이는 경악이 지나쳐서 오는 충격에 의해서였다.

'어, 엄청난 고수!'

마음만 먹으면 언제든 요리할 수 있다고 여겼던 애송이의 공격이 결코 자신의 아래가 아님을 한 대 얻어맞고서야 깨달았다.

아니, 이길 수 있을까 의심까지 들었다.

'쿠, 쿵푸의 고수였구나!'

뇌리로 떠오른 건 그것 한 가지였다. 아니라면 도저히 이럴 수가 없었다.

그러나 생각은 더 이어지지 않았다.

'으아악!'

뒤이어 찾아든 엄청난 고통이 고다마로 하여금 이를 악물게 만들었다.

고통은 삽시간에 극통으로 화했고, 팔을 타고 올라와 어깨까지 이어지는 데는 단 몇 초도 걸리지 않았다.

'끄으윽.'

연이어 어깨가 금방이라도 빠질 듯이 덜렁거리는 느낌이 온다 싶더니 승모근이 찢어질 듯이 아파 왔다.

신음을 내뱉지 않으려고 입술을 얼마나 깨물었는지 피가 줄줄 흘러내렸다.

'으아아아…….'

간단치 않았던 수련 때문이었던지 아니면 극진흑룡회의 불문율이었던지 고다마는 비명도 지르지 못하고 속으로 신음만 삼켰다.

고통이 오고 그것이 극통으로 화해 전신으로 퍼지는 게 당연한 것이, 담용이 시전한 사이킥 포스 즉 강기에 당했기 때문이었다.

'크으윽. 이, 이게…….'

극고의 고통은 눈을 있는 대로 커지게 만들었고, 빨개진 눈깔은 금방이라도 튀어나올 듯 통방울같이 변해 버렸다.

'으으윽.'

잇새로 튀어나오려는 비명을 신음으로 집어삼키는 고다마의 고통은 마치 근육을 맞잡고 서로 잡아당기면 이런 느낌일까 싶을 정도였다.

'으으…… 이이이…….'

극진흑룡회의 수련은 극기를 기본으로 했다.

그렇기에 고통은 적이 아닌 벗이나 마찬가지였다.

한데도 이런 고통이라니!

한계를 넘어서고 있었다.

'이, 이대로 그냥 넘어갈 수는 없……'

당장 받은 만큼 되갚아 줘야 하는 것이 극진흑룡회의 철칙이다.

받은 은혜는 그냥 묻어도 원한은 백배 이상 갚아야 하는 것 또한 극진흑룡회가 지닌 모토였다.

하지만 악바리 근성을 되살리려 젖 먹던 힘까지 동원해 용을 써 봤지만 어쩐 일인지 몸에 힘이 들어가지 않았다.

마음은 이미 주먹이나 발을 백 번이고 천 번이고 날리고도 남았다.

그러나 단 한 방의 여파가 고다마를 무기력하게 만들고도 남았던 것이다.

즉, 마음과는 달리 전신에 힘이 들어가지 않는 게 고다마의 현 상태였다.

고로 결과는 빤했다.

미처 어떻게 할 사이도 없이 전광석화처럼 다가온 담용은 마무리로 고다마의 후두부를 강타했다.

퍽!

"컥!"

결국 눈 뜨고 빤히 지켜보는 가운데 새된 비명을 내뱉고는 앞으로 고꾸라지는 고다마였다.

고다마의 눈에는 홍건하게 고인 빗물만이 기다리고 있었다.

'쿠쇼(젠장)……'

까무룩해지는 고다마의 뇌리로 뒤늦게야 '무서운 놈'이란 말이 떠올랐다가 사라졌다.

그리고 뒤이어 '조직이 네놈을……'라는 말을 끝으로 의식을 완전히 잃었다.

그와 때를 같이하여 폭우를 뚫고 사내들이 이쪽을 향해 뛰어오는 것이 보였다.

'나디, 이놈을 데리고 갈 수 있어? 포대기처럼 싸서.'

그렇게 이미지를 떠올리니 나디가 장막을 해제하고 고다마를 둘둘 말아서는 담용의 정수리에 앉았다.

'윽!'

담용은 순간, 엄청난 무게를 예상하며 허리와 다리에 굳건히 힘을 주다가 흠칫했다.

'응?'

무게가 전혀 느껴지지 않았던 것이다.

'이럴 수가!'

이는 나디가 소리에 이어 무게까지 잡아먹을 수 있다는 뜻이었다.

'대박!'

담용의 입을 쭉 찢어졌다.

'아참! 놈이 죽으면 안 돼!'

내심 식겁한 담용이 소리 없는 아우성을 지를 때, 고다마를 부르는 소리가 들려왔다.

"어이! 고다마!"

"고다마 상─!"

"고다마! 어딨나?"

'난리들 났군.'

담용은 태연한 걸음으로 왔던 길을 되짚어 갔다.

예의 순진한 학생 버전이 담용의 몸에서 피어나 재현됐다.

담용과 마주칠 수밖에 없었으니 자연 말을 걸어왔다.

"어이! 말 좀 물어보자."

'싸가지없는 놈.'

대뜸 해 대는 반말 투에 기분이 살짝 상했지만 더 이상의 시비는 사양하고 싶었던 담용이 입가에 미소를 지으며 말했다.

하지만 관광객티를 내느라 말이 어눌했다.

"저는…… 중국인입니다. 여길…… 잘 모릅니다. 죄송합니다."

"에이씨, 중국인이랜다."

"젠장, 이런 폭우에 중국 놈이 왜 돌아다녀?"

"야! 다른 데로 가 보자!"

다음 권으로 이어집니다

200평 초대형 24시 만화방

수면실 (침대식) ─ 사우나석

다인석 ─ 샤워실

세탁기 ─ 신간100%

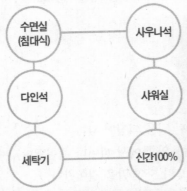

📖 수원 인계동점

● 나혜석거리　　● 농협

● CGV　　● 수원시청역⑧

무비 사거리

소주한잔 건물
24시 만화방 3F

● 홍콩반점　　● 홈플러스

TEL : 031-226-3771
수원시 팔달구 인계동 1041-11 3층 24시 만화방

📖 의정부점

의정부역④ ⑤　　흥선지하도

◀서울방향

● 진성약국　　● 던킨도넛츠

24시 만화방 3F

TEL : 031-856-3971
경기도 의정부시 의정부동 197-13 3층

📖 주안점

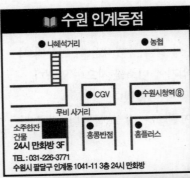

주안 남부역

◀제물포

민병철 어학원　　간석동▶

● 25시 만화방 6F

TEL : 032-426-2871
인천광역시 주안남부역 지하상가 4번 출구 GS25시 건물 6층

📖 안양점

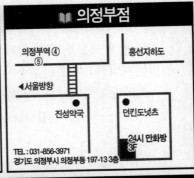

● 안양역　　육교

◀관악역　　명학역▶

● 농협

24시 만화방 2F

안양일번가

TEL : 031-466-3771
경기도 안양시 안양동 674-163 조이당구장건물 2층

너의 미래가 보여

ROK MODERN FANTASY STORY

정성민 현대 판타지 장편소설

비글 같은 걸 그룹부터 할리우드 연기자까지
금 손 매니저의 전설이 시작된다!

우정만 믿고 매니지먼트사에 투자를 한 강현우!
투자한 회사는 문 닫기 직전에,
교통사고 후유증으로는 이상한 게 보이는데……

알고 보니, 그것은…… 연예계의 미래!

미래가 보이는 능력으로
망해 가는 회사를 살리고자 매니저가 되다!

언론 플레이는 기본!
꼼수가 판치는 치열한 연예계에서 살아남아
최고의 연예 기획사를 만들어라!

의술의 탑

한산이가 현대 판타지 장편소설
ROK MODERN FANTASY STORY

플레밍, 슈바이처, 히포크라테스
그들보다 위대한 의사가 될 수 있다!

머리가 좋다. 공부도 좋아한다. 하지만……
메스만 쥐면 머릿속이 하얘지는 새가슴 레지던트 태석
올해도 안 되면 외과의 꿈은 포기해야 하는 신세
그런 그의 앞에 나타난 낯선 사내!

"자네는 탑을 오를 자격이 있어. 도전해 보게."
"대가는 없네. 기억을 잃는 정도?"

-보상으로 '침착 Lv. 1'이 주어집니다.

게임 스킬과 노력광이 만나
상상 속 모든 의술을 행하다!